私と継母の極めて平凡な日常

当麻月菜 Luna Touma

アルファポリス文庫

https://www.alphapolis.co.jp/

第一章　私と継母《ままはは》の馴《な》れ初《そ》め

これは父親に捨てられた私と、
夫に逃げられた継母《ままはは》の、これまでとこれからの物語――

＊

『人生で最も楽しい時期は高校生の時である』と、誰かが言った。

客観的に見て確かにその通りだな、と高校二年生の橋坂由依《はしざかゆい》は思う。

義務教育時代もそれなりに楽しかったけれど、世界は狭くて制限もかなりあった。

でも高校生になった途端、生活範囲も自由に使えるお金も、ぐんと広がった。メイクもできるし、買い食いだってできるし、髪形だって金髪にまでしなければアレンジはやりたい放題。

だから、毎日が楽しくて楽しくて堪《たま》らない。

……そう。一般的な高校二年生は、楽しいことと好きなことだけで頭の中が埋め尽くされている。

そりゃあ学生なんだから、ちょっとは勉強もしなければいけないけれど、テスト前になったら集中してすればいい。つまり、それほど気にしなくてもいいということだ。

とにかく高校二年生は、人生で一番楽しい時間《とき》。

どっか遠くの国で凶悪な事件があっても、総理大臣が変わっても、お偉いさんが悪いことをして逮捕されても、「マジヤバい」の一言で終わらせて、流行のスイーツとか、ファッションとか、芸能人がどうのこうのとか、そっちを優先しても許されると思っている。

ビバ、高校二年生。面倒なことは全部後回しにできる、限られた期間。

そんな時がずっと、ずっと、ずぅーっと続けば……

「あ、もうタイムセール始まってるじゃん！」

学校帰りのルーティン。夕飯の買い物のために行きつけのスーパー山上《やまうえ》に向かっていた由依は、秋風にパタパタとはためく蛍光色の旗が見えた途端、思考がバチンと切り替わった。

＊

タイムセール中の旗に煽《あお》られるように駆け足で店内に入れば、案の定、お買い得品を求める客でごった返していた。

由依も気合を入れて買い物カゴを持ったけれど、すぐに足を止めてふぅっと息を吐く。

「あー……涼し」

ガラス扉を挟んだこちら側は別世界。エアコンの涼しい風が心地よくて、肩まで伸びた髪を片手で持ち上げる。指先がうなじに触れた途端、ぬるっとした感触につい顔を顰《しか》めてしまう。

不機嫌になった由依の姿が、入り口の壁に設置されている鏡に映る。百五十六センチの身体は、健康的であるが少し痩せ気味だ。艶《つや》のある黒髪は肩に触れる位置で内巻きにして、飾り気のないヘアピンを耳の上に留めている。

汗の不快感で薄い唇を歪めた表情は愛らしいものではないが、ぱっちりとした二重《ふたえ》の瞳とつんとした小さな鼻は、可愛くなる努力をしなくても誰もが可愛いと評する容姿である。

けれども、由依には十代が持つ溌溂《はつらつ》さはなかった。といっても、やつれているわけでも、何日も風呂に入っていないような不衛生さがあるわけでもない。この年齢では到底得られない陰というか、生活疲れが見え隠れしているのだ。

そんな年不相応なものを持つ由依は、駅からたった五分歩いただけなのに汗まみれになっている。十月で衣替《ころもが》えも終わったというのに、今年は残暑が厳しい。特に今日は夏が忘れ物を取りに戻ったような異常な暑さだ。

そのせいか今日のスーパーの店内温度は、真夏と同じくらいキンキンに冷えている。

「気化熱、やっば」

うなじの不快感はエアコンの風であっという間に消えてくれたけれど、身体も芯まで冷えてしまい由依はぶるりと身を震わせた。

だが気持ちはすでに買い物モードに入っている由依は、動けば温かくなると自分に言い聞かせ、スタスタと目的地に向かった。

店内は秋の食材が所狭しと並んでいるが、過ぎた季節を思い出してしまうこんな日は、どうしたって夏の食べ物が頭にチラついてしまう。

――今日は絶対に、冷やし中華が食べたい。

三時間目の古文の授業でふと思って、それからずっと口の中が冷やし中華を求めている。それ以外はもう食べたくないと言いたくなるほどに。

とはいえ、店内の温度は気軽に変えることができるけれど、さすがに陳列されている食材は簡単に変更できない。

かれこれ十年近くここで買い物をしていれば、経済とか流通とかそういう学問的なことで理解できなくても、身体でわかっている。

でも、しつこいが今日はどうしてもどうしても、冷やし中華が食べたい。

そんな固い決意で麺類売り場に足を向けたが、ちょっと前まで冷やし中華で埋め尽くされていた場所には、つけ麺とか色んな味のラーメンしか置いていなかった。

「……やっぱ、そうだよね」

予想してたとはいえ、あっけなく撃沈してしまった由依は、言葉とは裏腹にがっくり肩を落とす。

しかし落ち込んだままでいるわけにはいかない。さっさと夕飯のメニューを考えなければならない。

せめて、冷たい麺類だけは食べたい。なら素麺《そうめん》にするか。今年の夏に生み出した、隠し味にちょっと醤油を入れたコンソメベースのつゆは我ながら改心の出来だった。オシャレに冷製パスタという案も捨てがたいが、作るのは自分だ。情けないが第一希望の冷やし中華を凌駕《りょうが》できるほど美味《おい》しく作れる自信がない。

ならば、蕎麦か、うどんか、素麺《そうめん》か。この三択に絞られる。

正直言って、第一希望の冷やし中華がないなら大差ない。結局、どれも茹でなきゃいけないし。合わせる具材だって、もうお惣菜でいいや。

そんなふうに投げやりな気持ちになった由依だが、どうしても諦めきれず見切り品コーナーに向かう。

その判断は正解だった。いつもはスルーするそこに、半額シールが貼られた冷やし中華が申し訳なさそうな感じで一つだけ売れ残っていた。

「あ……あ、あった！」

思わず大きな声を出した途端、周囲の客から一斉に視線を向けられてしまった。ほとんどが主婦っぽい人たちだった。

子供の扱いに慣れているのだろうか。名も知らぬ主婦らしき一人が、露骨に噴き出した。続けて「よかったわねー」と声を掛けられる。

そこに悪意は感じられなかったけれど、恥ずかしいものは恥ずかしい。

由依は極度の人見知りというわけじゃないけれど、目立ちたがり屋でもない。

自分の不注意で注目を集めてしまった結果、乾ききったはずのうなじに、再びじんわりと汗が滲《にじ》みだす。

――馬鹿だな、私……これくらい別に大したことじゃないのに。

俯《うつむ》きながら自分に言い聞かせても、身体は素直に反応してしまう。人前で失敗することに慣れていない自分に苦笑するものの、でも仕方ないじゃんと開き直る自分もいる。

――そもそも私、一人っ子だし、親にすらロクに構ってもらったことがないんだから。学校の友達の前じゃこんなヘマはしない。最大限に気を引き締めているもん。

そんな言い訳がどんどん胸の中から溢《あふ》れてくる。

ふと、見切り品コーナーに新たに物色に来た客の気配を感じて、由依ははっと顔を上げる。誰も自分のことなんて見ていなかった。

それにほっとするよりも先に、一つだけ残っている大事な冷やし中華を慌ててカゴの中に入れた。

メインの料理が決まれば、後の買い物は簡単だ。由依は次々に食材をカゴに放り込む。

キュウリ、トマト、ハム。お刺身コーナーでボイル海老も見つけてそれも迷いなく入れる。

特殊な家庭事情で、食費の余りが由依の毎月のお小遣いとなる。

でもお菓子は、基本コンビニで買うのが由依のこだわりだ。新作が一番早く棚に並ぶから。買い損ねたものだけスーパーで買う。

そんなわけでお菓子売り場はスルーしたのだが、足早に店内を回る由依の足がピタリと止まった。レジの前に長蛇の列ができていたからだ。

長年の経験でベテランのおばちゃんは大抵お喋《しゃべ》り好きで、レジを打つのは速いけれど顔見知りの人と会えば無駄に遅くなる。その列に並んでしまうと、最悪だ。

由依は五つのレジを吟味して、ここだと思う最後尾に素早く並んだ。

会計を終えた由依は、学校指定の鞄を肩から下げて、反対側の手に食材の入ったマイバッグを持って外に出る。

「……あー、だっさ」

つい愚痴が出てしまうのは仕方がない。

今頃、友達はカラオケに行ったりファストフード店でお喋《しゃべ》りしたり、駅前のショッピングモールで買い物を楽しんでいるのだろう。

なのに自分は、もう十年近くこんな主婦みたいなことばかりしている。

理不尽極まりないと思うけれど、投げ出すわけにはいかない。だってこれが自分の生活なのだから。

橋坂由依。高校二年生。

小学校一年生の秋からシングルファーザーの家庭で育ち、昨冬の終わりに父親が再婚。

しかしたった三か月で父親は蒸発。現在は、三十二歳の継母《ままはは》と二人暮らしだったりする。

＊

スーパーを出た由依は荷物を抱えて自宅へと急ぐ。

同居している継母《ままはは》こと琴子《ことこ》は三十二歳だけれど、スラリとしていて、そこそこ美人。実年齢より五歳は若く見える。

頭もよくて、ファイナンシャルプランナーという難しい資格を持ってバリバリ働く、所謂《いわゆる》キャリアウーマンだ。

でも水曜日だけは早く帰ってくる。琴子が勤めている会社には、ノー残業デーというものがあるらしい。

読んで字のごとく残業をしてはいけない日なので、おのずと自宅に戻って来る時間も早くなる。

大人にとっては週の真ん中にあるちょっとした休憩かもしれないけれど、食事担当の由依にとっては、慌ただしい日でしかない。

ふと、いつも立ち寄るコンビニが視界に入るが、由依は駆け込みたい衝動を抑える。

「くぅ……今日は諦めるか」

コンビニは逃げないし、明日にしようと自分に言い聞かせて由依は家路を急ぐ。

そりゃあ今日は冷やし中華だから調理時間はそんなにかからない。五分くらい道草したところで、定刻通り夕食を出すことなんて朝飯前だ。

――でも、このクソ暑い中を帰宅した琴子さんはビール飲むよね？　おつまみも用意したら喜んでくれるかもしれない。

そんなことを考えると、コンビニに寄れない苛立ちより、さっきよりも早く帰りたくなる自分を不思議に思う。

由依と琴子は血の繋《つな》がりなんてない他人だ。それに、まだ一年も一緒に住んでいない。

実のところ由依は同じ屋根の下で暮らしていても、琴子のいいところも悪いところも、まだよく分かっていない。

とはいえ、一つだけ確信をもって言えることがある。それは、琴子には男を見る目がないということ。そもそも親ガチャでハズレを引いてしまった由依が言えることじゃないけれど。

スマホに表示されている時刻は十七時三十分。あと一時間もしないうちに、琴子が帰ってきてしまう。

幸い今日は、お米を炊く必要はない。いつも通り準備をすれば間に合うはずだ。

――まずは錦糸卵を作って、それからきゅうりとハムを刻んで……あ、その前に琴子さんの晩酌用のつまみも用意しないと。

慣れ親しんだ道を駆け抜けながら、由依は冷蔵庫の中身を一生懸命思い出す。冷凍庫の中に枝豆があったことを思い出して、ちょっとだけほっとした。

……でも、安堵したのは一瞬で、自宅マンションの前に到着した途端、由依の顔は青ざめた。

登校前に間違いなく消したはずのリビングの電気が、窓越しに灯《とも》っているのが見えたのだ。

「……え？　消し忘れってことは……ない……うん、絶対にない。間違いなく消した」

登校前の記憶を辿《たど》った由依の足がピタリと止まった。

「こんなに早く帰って来るなんて……聞いてないよ」

恨み言なのか泣き言なのかわからない言葉を吐く由依は、これまで一度も琴子より遅く帰って来たことはなかった。そうしないように、ずっと気を付けてきたのだ。額《ひたい》に手を当てて天を仰ぎたくなる。

だって、ご飯当番は自分だから。働いている琴子を待たせちゃ悪いから。素行の悪い子だって思われたくないから。いい子でいないと嫌われちゃうから。

「……やっちゃった……どうしよう」

別に寄り道をしたわけでも、補習を受けていたわけでもない。いつも通りの水曜日を粛々と過ごしてたのだから、どうしようもなかったのはわかっている。

でも強気な気持ちとは裏腹に、琴子が怒っていたら……と考えると、放課後に職員室に呼び出されたような憂鬱《ゆううつ》な気持ちになってしまう。それでも逃げるわけにはいかない。逃げたところで行く宛などない。

由依は制服の上着のポケットからスマホを取り出す。時刻は十七時三十七分。いつもより八分早い。その現実に僅《わず》かな安堵を覚え、由依は駆け足でマンションの中へと入った。

＊

共有部分の廊下までは駆け足だった由依だが、玄関扉の前に立つと急に弱気になる。そっと扉を開けて、音を立てぬよう靴を脱いでリビングの扉を開けた途端——

「あ、おかえりー」

朗《ほが》らかな琴子の声が飛んできて、由依は拍子抜けしてしまった。

「あ……ただいま……です。琴子さん、早かったですね」

「うん！　今日は直帰したの」

あっけらかんと答えた琴子は、ブラウスとスカート姿でビールを飲んでいる。ソファにはジャケットが投げ出されたまま。

おそらく帰宅してすぐ、ビール片手にクールダウンしているのだろう。

「ねえ、由依ちゃん」

「な……なんですか？」

後ろめたいことがあるから、つい由依は身構えてしまう。

「エアコン、タイマー予約しといてくれてありがとね。あと、ビールの補充もサンキュ。ねえ、今日は暑かったし一本……じゃなくって二本、多く飲んでもいいよね？」

そんなの好きにすればいいじゃん。ビール代は琴子さんが出してるんだし。

由依はつい可愛げのないことを言いそうになった。でも、あまりに琴子が屈託なく笑いかけるものだから、違う言葉がするりと出てしまう。

「うん、いいと思う。あの……急いでおつまみ作りますね」

「嬉しい！　いつもありがとね」

子供みたいにはしゃぐ琴子は、おつまみを作っている間、一度も由依の帰宅時間についで触れることはなかった。

そのことにほっとしつつ、キッチンに入った由依は、冷凍庫に入っていた枝豆を流水で解凍して小皿に盛る。作り置きしておいたポテトサラダに砕いた秋限定の濃厚チーズ味のポテトチップスを軽くあえて、それもお皿に盛った。

二品が完成するまで、わずか五分。長年キッチンに立つことを余儀なくされた由依は、ベテラン主婦並みに手際がいい。

ちなみに琴子はまったく料理ができない。レンチン料理すら、時々失敗する。

「こんなのしかないけど、どうぞ」

「ううん、ごちそうじゃん。ありがと。美味《おい》しそー」

たったこれだけで目を輝かせてくれる琴子に何だか申し訳ない気がして、由依はキャンディチーズも追加する。

更に喜ぶ琴子に、由依はくすぐったい気持ちを超えて居心地悪さすら覚えてしまう。

「あの……夕飯、急ぎますね」

「いいよ、いいよ。それよりこっちで涼んだら？」

「あ、大丈夫です」

ポンポンとソファを叩いて座ってと命じる琴子に首を横に振って、由依はキッチンに戻る。すぐに背後から琴子の声が追いかけてきた。

「由依ちゃーん、今日の夕飯は何かな？」

「……あ、冷やし中華を」

「うそ!?　冷やし中華!?」

――ガタッ、ガタン！

琴子の大声に被せるように、物音が響いた。

冷蔵庫から卵を取り出そうとしていた由依は、慌てて振り返る。すぐに「痛《い》てっ」と、顔を顰《しか》めながら脛《すね》をさする琴子が視界に入る。

「あの、大丈夫ですか?」

「うん、平気平気。ってか、びっくりだよ。今日さ暑かったから、実は冷やし中華が食べたかったんだよね」

「そうなんですか」

「そうなの! だから嬉しくって脛《すね》ぶつけちゃったぁ」

「……湿布いります?」

「いいよー、これぐらいほっとけば治る治る。でも痛い……あははっ」

琴子は酒豪で、ビール一本程度では酔わない。

なのに、このハイテンション……本当に冷やし中華が食べたかったんだなと由依は思う。

ここだけの話、琴子の好物が冷やし中華だということを由依は知っている。

知っているから、きっと今日は食べたいだろうなと思ったりもした。もちろん自分が食べたかったのが一番だけれど。

でも、由依はそれを言葉にして伝えることはしない。琴子と自分は家族じゃないから。同居しているだけだし、「あなたのために」的な押し付けだと勘違いされて重たい子だと思われたくないのだ。

「じゃあ、やっぱり急いで作ります」

「うん！　待ってる。私は着替えてくるね」

スキップしそうなほどウキウキした足取りで自室に向かう琴子を見送って、由依は調理に取り掛かる。

溶き卵を作りながら、スーパーで恥ずかしい思いをしたことなんて、さっきの琴子の笑顔でチャラになったなと、一人笑いながら。

ダイニングテーブルの上に、二人分の冷やし中華と、魚型のお皿に四個ずつ載せた蟹シュウマイ。それと長芋の唐揚げと、琴子が大好きな奈良漬けも忘れずに並べる。

「おおっ、待ってました！」

「琴子さん、ビールもう一本飲みます？」

「うーん、飲んじゃおっかな」

「じゃ、持ってきます」

由依は小走りにキッチンに戻る。素早く自分用のお茶と缶ビールを手にしてテーブルに着席すれば、琴子は箸を付けずに待っていてくれた。

「よし！ じゃあ、いっただきまーす」

「……いただきます」

行儀よく手を合わせて冷やし中華を食べ始める琴子は、とても幸せそうな笑みを浮かべている。

――無理しなくてもいいのに。

向かい合わせに座っている由依は、ついそんなことを思ってしまい苦い気持ちになる。

我ながら嫌な子だ。せっかく琴子が楽しい雰囲気を作ってくれているのに、それに乗っからないなんて。

由依の心情とは裏腹に、リビングからは点《つ》けっぱなしにしたテレビから笑い声が聞こえてくる。

それに合わせて琴子も「長芋の唐揚げほくほくして美味《おい》しいー」とか「冷やし中華と海老って相性いいよね」とか「マヨネーズかけるのって、どこの地域だっけ」とか、当たり障りのない話題を振ってくれる。

小学生のころ、『私の夢』というタイトルで作文を書いたことを、由依は不意に思い出す。

どんな内容だったかはもう忘れてしまったけれど、『本当の夢』を書けなかったことは今でも覚えている。

『私の夢は、いつも誰かと一緒にご飯を食べること』

両親が離婚したあと、父親は仕事に逃げて、一人で食事を取ることが当たり前になってしまった。それが寂しくて辛かった。

いつかまた、昔みたいに誰かと一緒にご飯を食べたかった。

美味《おい》しいねって言い合って、お代わりする？　なんて言ったり言われたりして、好き嫌いは駄目だよって注意されたりして。

そんなどこにでもある当たり前の光景の中に、由依はもう一度入りたかった。

とはいえ、そんなことを作文に書くのは恥ずかしくて、ありきたりな内容を一生懸命考えて書いたはず。

あの頃の自分に伝えたい。今、自分は誰かと一緒にご飯を食べることができていると。

ただし夢は叶ったけれど、それはいつなくなってもおかしくないシャボン玉みたいな状況だということも。

「――ねえ、ちょっとだけマヨネーズかけてみようと思うんだけど……由依ちゃんもやってみる？」

意識を他所《よそ》に向けていたら、琴子から思わぬ提案をされてしまった。

「あ、はい」

深く考えずに、由依はまたキッチンに戻って冷蔵庫を開ける。マヨネーズを取り出す頃になって、自分はかけずに完食しようと思った。

由依と琴子の出会いは、今年の二月。バレンタインデーまであと一週間を切った、とても寒い日だった。

あの日、学校を出たと同時に由依の父親である友彦《ともひこ》からスマホに「久しぶりに食事をしよう」と連絡が入って、指定されたカフェに舌打ちしつつ向かったのを、由依はよく覚えている。

当時、私立の中高一貫校に通う由依は、めったに帰ってこない父親に時間を割く余裕なんてなかった。

エスカレーターで上がってきた生徒と、外部受験をしてきた生徒の二人がボスとなって、クラスが二分されて冷戦状態だったから。

いがみ合う二人はどちらも容姿が派手で、いわゆるヒエラルキーの頂点に立ちたがる女生徒。

二人とも、とにかく一番になりたいという欲求が強く、まるで国会議員のように徒党を組んで互いを牽制し合っていた。

由依は内部組に属していたけれど、本当のところ、外部受験をした生徒たちのことなんて何とも思ってなかった。強《し》いて言うなら、なぜこんな堅苦しい学校を選んだのか不思議だったくらいだ。

とにかく、一番になりたがる二人をどっちもどっちだなと冷静に思いつつ、絶対に、このくだらない争いに巻き込まれたくないと真剣に頭を悩ませていた。

そんな中、空気を読まない父親からの食事の誘い。

今年四十三になる父の友彦は、高身長で週一でジムに通い、身なりにも人並み以上に気を配るため、三十代にしか見えない若々しい男だ。加えてゴルフで日焼けした肌に涼しげな目元は、多くの女性が好感を持つ容姿である。仕事も順調で、見た目だけは非の打ち所がない。

しかし子育てに関しては、褒められたものではない。ぶっちゃけた話、金さえ与えていれば育児をしていると思い込んでいる。そんな相手と由依は食事をする義理なんてなかった。

インフルエンザになった時も、体育の時間に捻挫をした時も、鍵を学校に忘れて途方にくれた時も父親は不在だった。スマホに連絡を入れたけれど無視された。

そんなことが重なって、父親のことをATMだと割り切ろうと思っていた矢先のことだったから、不機嫌を超えて怒り心頭だった。

でも由依は、指定されたカフェに行った。何だかんだ言って、父親のことが好きだから……なんていう気持ちじゃなくて、食事を断ったことをダシにして難癖つけられたら嫌だったから。

——どうせ会うなら、お小遣いもらおっかな。

友彦は、金払いだけはとにかくいい。だから、新しい文房具を買いたいと言えば数枚のお札はくれるはずだ。

それでコスメでも買おう。高校生になった途端、皆こぞってお洒落《しゃれ》をするから、浮かない程度に身だしなみには気を付けないといけない。

和を以《もっ》て貴《たっと》しと為す。女子高は、特にそうだから。

そんなことを考えながら、由依はカフェに入った。すぐに父親が自分を呼び出したのは、気まぐれなんかじゃないことに気付いた。

ピンクのハートで飾りつけされた店内で、友彦は女性と一緒にいた。

その女性は大人っぽいシニヨンヘアーに、身体の線に添ったベージュのスーツを着ていて、遠目からでも奇麗な女性だ。顔だけはよく、若作りしている父の隣にしっくりきていた。それが琴子だった。

「あ、あの……ここ、ここですよ！」

身構えた由依に、琴子は大きく手を振ってくれた。友彦が娘に気付いたのは、その後だった。

「初めまして。私、榎本《えのもと》琴子って言います」

「どうも。橋坂……由依です」

「由依ちゃん？　どんな字を書くの？」

「……自由の由に、人偏《にんべん》に衣って書きます」

「そっか。私は楽器の琴に、子供の子」

「あ、そうですか」

初めての由依と琴子の会話は、こんな内容だった。

今にして思えば、あの時の自分は我ながら可愛げのない子だったと由依は後悔している。でも記憶の中の琴子は始終にこにこしていた。

一方、友彦はどんな顔をしていたか……何度あの光景を思い出しても、由依の記憶の中では、父親の顔は逆光になった写真のように白くぼやけて思い出せない。覚えているのは、注文して届いたばかりのカフェオレを飲もうとしたら、友彦が「じゃあ、行こうか」と席を立とうとしたことだけ。つくづく自分勝手だなと苛立った気持ちはとても鮮明だ。

由依の父親は本当に自分のことしか考えていない男である。十歳以上年下の琴子と再婚することを娘に相談せず勝手に決めて、顔合わせまでしようとしたのだ。

だから由依は、初対面の琴子のことも直感的に嫌だなと思った。

なにせこれまでも友彦は恋人を娘に紹介したことがあったが、紹介された女性たちは、揃いも揃ってイケ好かなかった。

父親のことしか見てなくて、いかに自分が子供好きかをアピールする姿がとにかく気持ち悪かった。

琴子もそういう人たちと同じだと由依は決めつけていた。でも、違った。

「ちょっと友彦さん、由依ちゃんまだ飲んでる途中よっ。座って、座って！」

怖い顔で由依の父親を睨《にら》んだ琴子は、視線を由依に向けた途端、別人のようにふわっと笑った。

「外、寒かったよね。ゆっくり飲んで」

「……はい。ありがとうございます」

まさか父より自分のことを優先してくれるなんて、思ってもみなかった。

琴子が「友彦さん」と、父親の名を呼んだ時はイラッとしたけれど、それを凌駕《りょうが》するほど由依は嬉しかった。

――この人なら、いいかも。

気を抜くと火傷《やけど》しそうなほど熱いカフェオレを飲みながら、ぼんやりと由依は思った。

それから三人で焼肉を食べた。数日後、琴子の苗字は榎本から橋坂に変わり、三か月は平和な日々が続いた。

友彦は毎日マンションに戻ってきて、琴子も残業は多いけれど、意地悪な継母《ままはは》に豹変することなく新婚生活を楽しんでいるように見えた。

由依といえば、冷戦状態だったクラスも、ボス二人が春休みに入ってすぐに猫カフェでばったり会ったのを期に、和解してくれた。

自分が抱えていた不安なことが次々に消えていき、気候も穏やかになって、色んな意味で春が来たと思った。

こんな日々がずっと続けばいいのにと、柄にもなく由依は願った。

けれども、その祈りはフラグになってしまった。


春休みが明けて高校二年生になっても、由依の世界は平和な日々が続いていた。といっても、父親は入籍してすぐよりは帰宅時間が遅くなり、時々外泊もしていた。父親は勤めていた会社から独立してイベントを企画する仕事をしている。時には海外に行って打ち合わせをしないといけないから仕方がないと思っていた。琴子も理解しているように見えた。

つまり、これが我が家の普通。互いに無理のない生活をしていると由依は思っていた。

そんな中、ゴールデンウィークが終わってすぐに高校生活最大のイベントである修学旅行があった。

父親からしっかりお小遣いをせしめたのに、出発日の朝、琴子からもお小遣いをもらってしまった。

恐縮して由依は断ろうとした。けれど琴子は、「あっても困るもんじゃないし、荷物にならないでしょ？」と言って頑として受け入れなかった。

結局、由依はお小遣いを受け取った。頭を下げながら、変わった言い方をして気を遣ってくれた琴子に、奮発したお土産《みやげ》を買おうと心に誓って北海道に行った。

〝誰かのためにお土産《みやげ》を買う〟という目的がある修学旅行は楽しかった。

小樽《おたる》で買ったガラス細工が奇麗なボールペンと、お酒のつまみになりそうな海産物を抱えて戻る由依の足取りは確かに浮かれていた。

なのに、自宅に戻った瞬間、地獄に落とされたのだ。

「由依ちゃん……あのね、友彦さん出て行っちゃったみたいなの」

仕事から戻ってきた琴子は、由依を見て「おかえり」と言った後、そう続けた。

「は？」

――は？

口から出た言葉も、頭の中を埋め尽くす言葉も「は？」しかなかった。

次に由依はこう思った。どうしよう……どうしたらいいの？　と。

父が失踪したことなんか、由依はちっとも怖くなかった。あんな父親だ。これまで自分を捨てずにいたことが奇跡だったと割り切れる。

でも由依の父親が失踪したとなると、琴子がここにいる必要はなくなってしまう。

なぜなら琴子は、由依の父親である友彦の再婚相手で妻だ。由依の母親としてここにいるわけじゃない。

「……琴子さん……あの……い、い……いえ……なんでも……」

由依は無意識に紡ごうとした言葉が信じられなくて、唇をかみしめる。

――行かないで。出て行ったりしないで。私を見捨てたりしないで。

そう言いかけた自分に由依はひどく驚いた。たった数か月、同じ屋根の下で生活した相手に向ける言葉じゃない。こんなこと言うなんて馬鹿げてるし、何度も父親に裏切られることに慣れている由依とは違い、琴子にとっては初めての裏切りだ。きっと深く傷ついている。そして腸《はらわた》が煮えくり返るほど怒っているはず。

ちょうどここには、新婚生活三か月で失踪した男の娘がいる。罵倒したいと思っているに違いない。

そうされたら理不尽だと思うけれど、不思議と由依は琴子に八つ当たりされるなら、それで構わないと思ってしまっている。

――いいよ、琴子さん。私、全部受け止めるから。お父さんの代わりに、いっぱいごめんなさいって言うから。

短い間だったとはいえ、琴子との生活は悪くなかった。いやむしろ楽しいと思える出来事を与えてくれた。八つ当たりを受け入れるのは、そのお礼だ。

そんなふうに覚悟を決めて、由依はスーツ姿の琴子を見た。

けれども目が合った途端、琴子は笑った。そして思わぬことを口にした。

「ま、でも友彦さん、最近帰ってなかったし、居ても居なくてもあんまり変わんないっか」

肩をすくめた琴子からは、まったく怒りを感じなかった。

あまりに意外な琴子の態度に、由依は全てを理解するのにかなりの時間を要した。

「……え、あ……あの……」

「それより、お腹空いたよね？　ごはんにしよっ。お弁当買ってあるんだー。一緒に食べようね？」

窺《うかが》うように首を傾げた琴子に、嫌と言えるわけがない。由依が口にできる言葉はこれだけだ。

「ありがとうございます。いただきます」

「うん！　実はね、ちょっと奮発してデパ地下で買っちゃったんだ。だから美味《おい》しいと思う！」

このやり取りで、父の一件は終わりになった。

それから二人とも部屋着に着替えて、ダイニングテーブルで向き合ってお弁当を食べた。由依が修学旅行のお土産《みやげ》で買った岩のりとか燻製《くんせい》チーズも一緒に並べて。食事中、琴子は「北海道、天気よかった？」とか、「函館の夜景奇麗だった？」とか、ずっと修学旅行のことを尋ね、由依も箸を動かしながらポツポツ返事をした。あっという間にお弁当を食べ終わり、食後のコーヒーと一緒に由依がお土産《みやげ》を渡したら、琴子はびっくりするほど恐縮して何度も「ありがとう」と言って、愛用の手帳にお土産《みやげ》のボールペンを挟んだ。今でもずっと使っている。

——このボールペンを使ってくれている間は、ここにいてくれるのかな。

直接声に出して琴子に聞くことができないせいで、由依は琴子がリビングで手帳を広げる度に、ほっとする気持ちと、いつ使わなくなっちゃうんだろうと不安になる気持ちがごちゃまぜになる。

こんな気持ちを、いつまで抱えていかないといけないのだろうか。いつも心に小石を入れている状態に慣れることはないけれど、由依は不思議とそれをストレスだとは思わなかった。

「……んー、マヨネーズありっちゃありだね」

「そうですか」

「由依ちゃんも、来年、やってみてごらん。思ったよりくどくないから」

「はい。そうしてみます」

〝来年の事を言えば鬼が笑う〟という諺《ことわざ》とは違うけれど、由依もつい笑ってしまいそうになる。

琴子が何気なく口にした「来年」という言葉が、びっくりするほど嬉しかったから。我知らず緩んだ口元を隠したくて、由依は俯きながら空になった皿を重ねてテーブルの端に寄せる。

今座っている四人掛けの素朴なデザインのテーブルは、琴子と由依の父親が入籍した際に新調した。三人で家具屋に行って、大理石の天板の方が見栄えがいいという父親の意見を無視して由依と琴子が選んだもの。

今にして思えば、あれが最初で最後の三人でのお出かけだった。

「このテーブル、買ってよかったですね」

――あのね、琴子さん。あなたがここにいてくれて、私は途方もなく嬉しいのです。

そんなクサイ台詞《せりふ》を言えない由依は、ツヤツヤの天板をそっと撫でて呟く。

「だよね。私も、気に入ってる！　大事に使おうね」

残りのビールをチビチビ飲んでいた琴子は、満面の笑みを浮かべて愛おしそうに天板を撫でた。

テレビからは、相変わらず賑やかな笑い声が聞こえてくる。

「ねえ、あっちで一緒に観よう」

「洗い物終わったら、行きます。食後のコーヒー飲みますか？」

「うん！　ってか、今日は手伝うよ」

そう言いながら琴子はビールを飲み干して、食べ終わった食器をシンクに運んでくれた。

これが由依と琴子の日常。

血の繋《つな》がらない二人は、変わらずになんとか暮らしている。

第二章　目玉焼きハンバーグと進路相談

その日は、なんの変哲もない木曜日だった。

中間テストが無事に終わって、気候も秋らしくなって。あと一日学校に行けば休みだから、週末は何をしようかと考えながら買い物を終えた由依は、エコバッグを肩から下げて家路を急ぐ。

けれども信号を挟んだ向こうに見知った男子学生を見つけた途端、その足はピタリと止まった。

「お、由依。今、帰りか？」

「うん」

信号無視をしてこちらに駆け寄った背の高い男子学生こと小林真《こばやしまこと》に、由依は親しげな笑みを浮かべて頷いた。

「マコトは、珍しく早いね」

「ん」

「実習なかったの？」

「ああ」

「ってか、マコトの学校《とこ》も衣替《ころもが》え終わった？」

「ああ」

茶髪にピアス。だらしなく着崩した学生服。加えて気のない返事をする真は、不良にしか見えない。

けれど、赤ん坊のころから顔見知りの由依からすれば、ちっとも怖くなんかない。むしろ、チャラ男っぽくベラベラ喋《しゃべ》られるほうが逆に怖かったりもする。

「でもさぁ、衣替《ころもが》えしたけどまだ暑い日ってあったよね。さすがに今は平気だけど」

「ん」

地元ではお嬢様学校と呼ばれている制服に身を包んだ由依と、素行の悪いことで有名な工業高校の指定鞄を持っている真。

並んで歩きながら会話をしているだけなのに、すれ違う大人たちは訝《いぶか》しそうな顔をする。別にいいけれど、と由依は心の中で悪態を吐きつつ真に目を向ける。

「マコトんところはいいよね、学生服だから。中はTシャツだって裸だっていいんだからさ」

「そんなことあるか、馬鹿。ウール素材の学生服舐めんなよ」

「そっちだってブレザーの制服舐めないでよね。ジャケットにベストにシャツだよ？　一個ナシとかできないんだからね」

「おい、ちょっと待て。俺、いつお前のブレザーのことディスった？」

「あ、ディスってないね。ごめん、ごめーん」

「……ま、いっけど」

至極どうでもいい会話をしながら、由依と真は並んで歩く。

二人は生まれた病院も一緒で、生まれて最初に住んだマンションも一緒だ。でも今は違う。

由依は閑静な住宅街にある低層の分譲マンションに。真は大きな川を挟んだ向こうの市営団地に移り住んだ。

住まいを移した理由は、どちらも親が離婚したから。

ただ一つ違うのは、由依はシングルファーザー家庭になり、真はシングルマザーの家庭になったということ。

どちらも片親という環境は一緒だけれど、収入には歴然とした違いがある。そのせいで住まい格差が生まれたのだ。

そのことについて、由依はいつも理不尽だと思う。だからといって声に出すことはしない。

なぜなら真は、一度も己《おのれ》の環境について愚痴を吐いたことがないから。無論、誰かを羨《うらや》ましがることだって、僻《ひが》んだりすることだってない。

柳の枝のように、真はいつも自分の意思とは無関係に変わる環境を黙って受け入れるだけ。そして、その中で最善の策を選んで生きている。

ぶっちゃけカッコイイと思う。大人だなと思う。だってそれって現代の——

「……サバイバーだよね」

「は？」

うっかり呟いてしまったら、すぐに真が冷めた目でこちらを見る。

「お前、ゲームやらないって言ってなかったか？」

「やらないよ。今のは別になんでもない」

「あっそ」

とことん人に興味がないんだなと思わせる態度だけれど、これが真のいいところだ。

絶対に深入りをしない。でも話せばちゃんと耳を傾けてくれる。

そんな真の幼馴染《おさななじ》みでいる自分はかなりラッキーだと、いつも由依は思っている。

彼が傍にいてくれたから、自分はどんなことがあってもグレたりすることがなかった。途方に暮れそうになった時だって、どうすればいいのか真が行動で教えてくれた。だから真は百戦錬磨のサバイバーで、自分の幼馴染《おさななじ》みで、人生の師匠でもある。ついでに言うと、他の男子と比べてちょっと……いや、かなりカッコイイ。

などと思いながら、真の顔を見ながらふわりと笑った由依だが、分かれ道となる橋に到着して表情が曇った。

「じゃあ、ね」

「このあとキナの散歩に行くけど、一緒に行くか？」

「行く！」

真の誘いに一も二もなく頷いた由依に、真は片方の口端を持ち上げると「十五分後に、な？」と言って背を向けた。由依も駆け足で自宅のマンションに戻った。

スーパーで買った食材を適当に冷蔵庫に突っ込んで、私服に着替えると、再び駆け足で橋に戻る。

約束した時間より少し早く到着するつもりだったけれど、すでに真はキナと一緒にそこにいた。

「キーナー！　久しぶり、元気だった？」

声を掛けると、キナこと柴犬のキナコは、ワホッワホッと吠えながら尻尾を千切《ちぎ》れんばかりに振ってくれた。

「急いだけど待たせちゃったね。ホントごめん」

「いや、俺も来たばかり。キナが走るもんだから、早く着いただけ」

「そっか。キナ、そんなに私に会いたかったんだー。いい子！　大好きー！」

しゃがんでキナコの頭を撫でていた由依は、更にわしゃわしゃと身体全部を撫で回す。

キナコは犬のくせに人見知りをする。無駄吠えはしないけれど、すぐにウゥーと歯をむいて威嚇《いかく》する臆病な犬なのだ。

でも、心を許した人にはとことん甘えてくれる。その中に自分が入っていることが由依は誇らしい。

そんなわけで甘えられるがまま、由依はしゃがんだ状態でキナコとじゃれ合う。しかし歩道でのそれは通行者からしたら迷惑行為以外の何ものでもない。

自転車に乗ったおじさんに、邪魔だといわんばかりにベルを鳴らされたので、由依は立ち上がった。

「マコト、リード貸して」

「……またかよ」

「貸して」

「ったく、ほら」

「ありがとー」

嫌々というより、渋々といった感じでリードを渡してくれた真に礼を言って、いつもの散歩コースである河川敷まで歩き出す。

二人の決め事で、キナコの散歩に行く時リードを持たない方が犬のエチケット袋を持つ。あとエチケット袋を持っている方がキナコの粗相を片づけるのがルールだ。

それがわかっていながら毎回リードを持ちたがる由依に、真は一度も嫌と言ったことがない。

「なぁ、河川敷に行く前にちょっと寄っていいか?」

「どーぞー」

真はコンビニに寄ろうとするが、さすがに犬を連れての入店はできないから、由依はリードをどこに繋《つな》ごうかオロオロする。

その間に真は「俺だけで行ってくる」と言い捨てて、店内に入ってしまった。

しばらくして戻ってきた真の手には、二つのホットコーヒーがあった。

「夕方になると寒くなるから、土手で飲もう」

「やった！　ありがとー。あ、お金払う」

「いいよ、奢《おご》る」

「ありがと。ごちになります。ってかマコト、マッジでイケメンだねー」

「……お前なぁ」

呆れ声を出す真だが、まんざらでもない様子で由依にホットコーヒーを手渡すと、さっさと一人で歩き出した。

河川敷に到着した由依と真は、芝生の上に並んで腰掛ける。

キナコは、真が水筒から出した水をピチャピチャと音を立てて美味《おい》しそうに飲んでいる。

それを見ながら由依はずっと我慢していたホットコーヒーを飲む。砂糖とミルクがしっかり入ったそれは、いい感じにぬるくなって飲み頃だ。

「あー、土手で飲むコーヒーは最高！　キナもいい飲みっぷりだね。いっぱい歩いたから喉が渇いたよね」

「かもな」

頷きながらキナコの頭を撫でる真の目はとても優しい。

見た目は不良だけれど、本当の真は文系のおだやかな男の子だということを由依は知っている。

今、真がこんな格好をしているのは、学校生活を平和に過ごすための彼なりに考えた処世術なのだ。

「……最近、どう？」

チビチビとホットコーヒーを飲みながら、川の水面を眺めていたら、不意に声を掛けられた。

「え？　なにが？」

「何がって……生活だよ、生活」

「あー」

――真は継母《ままはは》と二人暮らしをしている自分のことを心配してくれたんだ。

そのことにようやく気付いた由依は、曖昧《あいまい》な笑みを浮かべた。

「別に普通だよ、普通」

「そっか」

「うん」

父親が失踪して継母《ままはは》と同居している時点で普通ではないけれど、真はほっとしたように歯を見せて笑うと座ったまま伸びをした。

「……なんかあったら言えよ」

「うん」

真のこういうところが好きだな、と由依はいつも思う。

クラスの友達が異性に向けて使う『好き』とはちょっと違うけれど、真ならこれだけでわかってくれるという絶対的な信頼がある。

――私たちは似た者同士だもんね。

傷の舐め合いとか、互いの環境を卑下し合っているとかそういうことじゃなくて、由依と真は似ているのだ。

片親で、その親がどうしようもなくて、血の繋《つな》がっていない他人に縋《すが》って生きていくしかない環境が。

「で、マコトの方はどうなの？」

「俺んところも、普通」

「そっか」

「……あーでも、母ちゃんがまた出て行った。妹を連れて」

「嘘！　またぁー⁉」

素《す》っ頓狂《とんきょう》な声を上げた途端に、キナコはキャワィンと変な吠え方をした。次いで、小さく唸《うな》りながら真の背中にお尻をくっつけ非難めいた視線を由依に向ける。

キナコは人見知りが激しいのに加えて、臆病で繊細だ。特に怒鳴り声や女性の金切り声は大の苦手ときている。

きっと今の声の主《ぬし》が由依じゃなければ、全力で吠えて威嚇《いかく》されていただろう。

「キナ、ごめん」

仲直りしよ、とそっとキナコの背中を撫でれば、クルクルの尻尾が控え目に揺れる。

それにほっとした由依は、真に視線を戻すと、珍しく「どういうこと？」と、尋ねてみた。

「ま、いつもの発作だよ」

遠い目をして端的に答えた真は、十代とは思えない疲れ切った溜息を吐いた。

真の母親は、よく言えば『天真爛漫《てんしんらんまん》』。はっきり言ってしまうと『自分ルール』が強い人。あと記憶力も悪い。

キナコの名付け親は真の母親だった。それなのに半年たったある日、真に向かって「あんた、なんでこんなダサい名前つけたの？　ワンちゃんがかわいそうじゃない」

と平気で理不尽な発言をした。

でも矛盾していると指摘すると、ムキになって食ってかかる。絶対に自分が悪いと謝ったりなんかしない。ある意味、タフな人。

正直、母親以前の問題で人としてどうかと思う。なのに真の母親を好きになる男性はたくさんいる。

団地に引っ越したあと、真の母親は一時期生活保護を受けていた。でも、たまに見かける真の母親は、きらびやかな格好をしていた。そしていつも知らない男性と一緒にいた。

真の十歳年下の妹——美咲《みさき》ちゃんの父親は、その誰からしい。けれど、いつの間にか姿を消したということを、随分前に真がポツリと呟いたのを覚えている。

ちなみに今、真と一緒に住んでいる男性は、これまでで一番まともらしい。

仕事もちゃんとしていて、家事を一切しない真の母親に代わって、最低限のことはやってくれているそうだ。

でも、これまでで一番まともな男とお付き合いをしている真の母親は、全然まともになろうとしない。むしろ、せっかく手に入れた幸せを自分の手でぶち壊そうとしている。

『うちの母ちゃん、幸せ恐怖症なんだ』

ある時、ぽつりと呟いた真の言葉が、由依は今でも忘れられない。

幸せ恐怖症──幸せになるのが怖くて、わざと人を怒らせるような言動をする病気。

これは真の勝手な分析で、正式な病名ではない。でもさすがだ、と由依は思う。

ちなみに今回の家出も、この幸せ恐怖症からくるものらしい。

ぶっちゃけた話、真の母が幸せになりたくないなら好きにすればいい。でも、そのせいで真が不幸になるのは許せない。

真は工業高校に進学したけれど、本当は獣医になるのが夢だった。でも今、家計を支えている真の母親の彼氏は「少しでも就職に有利になるように」と、工業高校に進学しろと言った。真の夢も意思も聞かず、一方的に。

そりゃあ、他人の子供の学費なんて出す義理はない。でも少しくらい真の話を聞いてあげてくれたって……と思ってしまうのは、自分が世間というものを知らないからなのだろうか。

真から今回の一件をかい摘《つま》んで説明を受けた由依は、やり場のない怒りを持て余して膝を抱える。

すぐさまキナコがクゥーンと切ない声を出して、手の甲を舐めてくれる。

人の気持ちを機敏に感じ取ってくれる優しい犬だ。ただ、キナコは真が獣医になる夢を諦めた代わりに飼うことになった経緯を持つ。

『え？　あんた獣医になりたかったの？　無理無理、そんなの。ま、犬買ってあげるから我慢して。は？　団地はペット禁止ぃー？　いいじゃん、バレなきゃ。それに隣んちは猫飼ってるし、下の階のどっかのベランダで犬いたの見たし。っていうか、吠えなきゃいいんでしょ？　それならあんたのしつけ次第じゃん。獣医になりたいって言ってたんだからできるでしょ、それくらい』

実際、真の母親から由依が直接こんなことを聞いたわけじゃない。

でも、上手く吠えることができないキナコを見て、きっと真の母親は似たりよったりなことを言ったと確信している。

「――それ、もういいのか？」

「え？」

キナコに好き勝手に手の甲を舐めさせていたら、急に真に問い掛けられた。

「冷えてるだろ？」

「あ、あーごめん。飲む飲む！」

すっかり冷めてしまったコーヒーを由依は一気に飲み干す。

「ごちそうさま」

「ん」

空になったカップを振ってペコッと頭を下げれば、真は満足そうに目を細めた。

「……お母さん、早く帰ってくるといいね。美咲ちゃんも」

「ま、そのうち」

「美咲ちゃん、来年小学校だっけ？」

「ああ」

「そっか」

年の離れた妹のことを、真は大事にしている。

同居している母親の彼氏が娘に手を出した、という事件はネットで探せばいくらでも出てくる。

今、一緒に住んでいる男の人がそういう人種とは限らないけれど、せめて家出をするなら妹を連れていけ、と自分の母親に言うくらいに真は危機感を覚えているのだろう。

「……ねえ、マコト」

「ん」

「うちさ、ペット可の物件だからね」

「ああ」

「ちゃんと覚えておいて。あと空き部屋もあるから」

「ああ」

「本当に忘れないでね」

「しつこい」

「うん」

真は高校を卒業したら就職することが決まっている。そして家を出ると決めている。

叶うことなら妹も引き取りたいと願っている。

目下《もっか》、堂々とキナコと一緒に住める部屋を探すことが真の目標だ。

でも万が一、ペット可の物件がすぐに見つからなかったり、途中で真の心が折れたりしたら自分がキナコを引き取ろうと由依は固く心に決めている。

美咲ちゃんのことまでは、どうしたらいいかわからないけれど。

「夕焼け、きれいだね」

「ああ」

「でも川辺は、ちょっと寒いね」

「ああ」

市内を東西に分ける大きな川は、通称「格差川」と呼ばれている。

東側は企業に勤める家庭が多く裕福な家庭で、西側は工業地帯と古い市営住宅で貧しい人たちが暮らすところ。

誰がそう決めたのかわからないけれど、「川西《かわにし》には行っちゃ駄目」とか「あの子、川西だから」なんていう言葉が当たり前に使われている。

——でも……でもさぁ。

由依は空を見上げて苦笑する。

夕陽は、平等に街をオレンジ色に染めている。東側の象徴である大きなショッピングモールも、西側の工場も。

川は差別を生むために流れているわけじゃない。

そんな当たり前のことがわからない人が世の中にはたくさんいる。そして、西側をとことん嫌っていた父親もその一人だということを由依は改めて認識する。

——馬鹿だなぁ。本当に、馬鹿だよね。

キラキラと金色に輝く水面を見つめながら、わざわざ自分の修学旅行を狙って失踪した父親を嘲笑《あざわら》ってみる。

びっくりするほど親に対する罪悪感はなかった。

「そろそろ帰るか」

「うん」

立ち上がった由依は、キナコに「行くよ」と声を掛ける。長く伸びた二人と一匹の影法師が、まだここに居たいと告げているようで、由依はほんの少しだけ帰る足取りを遅くした。

「バイバイ。またねー！」

川の向こうに消えていく真とキナコに手を振った由依は、行きとは打って変わってのんびりとした足取りでコンビニに寄ってから自宅マンションに戻る。

今日の琴子は、クライアントと打ち合わせを兼ねた食事会があるので帰りが遅い。夕食は自分だけだから、簡単に済まそうと決めている。久しぶりにインスタントラーメンでも食べようか。それとも冷凍のお好み焼きをチンして食べようか。

食後のスイーツと新作ジュースが入った小さなエコバッグを提げながら、そんなことを考えて歩く木曜日の夕方は、至って平凡な日常のひとこまだ。しかし玄関を開けた途端、平凡が非凡に変わった。

「……なに、これ……？」

三和土《たたき》に由依と琴子の靴に混ざって、つま先が尖った男物の靴が置いてあった。

それを目にした途端、由依は真っ先に父が帰って来たのかと思った。

でも父はこんなダサい靴、絶対に履かない。もし世界に靴がこれしかなかったら、裸足でいることを選ぶだろう。それくらい趣味の悪い靴だった。

なら、誰なのか。少し考えて、琴子が彼氏でも呼び込んだのかなと不安に駆られ――見ないことにしようと由依は決めた。

けれど、まごまごしている間にリビングの扉が開き、ふた昔前のホスト……いやもっと柄が悪い昭和のチンピラみたいな背の高い男が顔を出した。

「お前、由依か？」

ドスドスと玄関に続く廊下を歩きながらそう言った男は、下から上に値踏みするような視線を向けている。

やたらと肩パッドが目立つ黒地にストライプ柄のダブルのジャケットに、テカテカ素材の灰色のシャツ。三十代半ばくらいの細身の男に、お世辞にも似合っているとは思えない。

しかしこの服装について気軽に指摘できるような雰囲気ではなく、由依は身の危険を感じて逃げようとした。しかし、タッチの差で腕を掴《つか》まれ、逃亡を阻止される。

――まさか琴子さん、私を売ったの⁉

邪魔になった娘を継母《ままはは》が男を使って処分しようとした話は、時々ネットニュースで騒がれている。

もちろん、琴子に限ってそんなことをするわけないと由依は信じたい。けれど同時に、それだけのことをしたくなる琴子の気持ちもわからなくはない……が、理由がなんであれ嫌だ。

「ちょ……や、っ……！」

由依は声にならない悲鳴を上げて、男から逃れようと必死にもがく。無論、そう簡単には男の手を振り払えない。

このまま本当に売られてしまうのか……と、最悪の事態を想定した由依に男は言った。

「帰って来たら〝ただいま〟だろ」

「……は？」

「お前なぁ、誰もいないからって挨拶《あいさつ》をはぶくな。コミュニケーションの基本を舐めんなよ」

ものすごく人相に似合わない道徳発言をした男は、由依が腕に提げていたエコバッグを取り上げてキッチンに向かう。

「おい何やってんだ、早く来い。俺、人ん家《ち》の冷蔵庫は勝手に開けない主義なんだ」

再び、顔に似合わない発言を受けた由依は、その場で脱力した。

それから数秒後。このチンピラ男は榎本和樹《えのもとかずき》と名乗った。

榎本——つまりこの男は、信じられないことに琴子の家族だった。性別の違いがあるせいか、全然似ていない。

でも、微妙にずれた発言をするところはさすが琴子の兄弟だ。

……などということを由依が心の中で思っていることを知らない和樹は腕を組みつつ、コンビニで買ってきたスイーツなどを冷蔵庫にしまう由依を、じっと観察している。

「手際いいな」

「……はぁ、どうも」

「ビール補充する時、ちゃんと古いのを手前に出すの偉いぞ」

「ど、どうも」

あまりの居心地の悪さに買い置きビールを補充していたら褒められてしまった。更に居心地が悪くなる。

和樹は危害を加えに来たわけではなさそうだが、なぜチンピラみたいな格好でここにいるのかは謎である。琴子に用事でもあったのだろうか。いや、琴子だけに用事があるなら、外で会えばいい。

この家の鍵を持っているのは由依と琴子と由依の父親だけ。なら琴子が意図的に自分と会わせるために、和樹を呼んだということか。

「あの……今日は、何の用事でここに……」

どれだけ考えてもわからないので、おずおずと声を掛ければ和樹にギロリと睨《にら》まれ、由依は思わず冷蔵庫の扉で自分を隠す。

「姉貴に頼まれたんだよ。お前の進路相談に乗ってやってくれって」

「え？」

「近いうちに三者面談あるんだろ？」

「ある……けど」

「けどって何だ？　先生の都合で中止になったのか？」

「違う。そうじゃなくって……えっと……」

「じゃあ、なんだよ」

和樹はせっかちな性格なのだろうか、未だ冷蔵庫の扉で身を隠しながらもじもじする由依に向かって口調がきつくなる。

けれど、早く言えと急《せ》かすことはしない。手持ち無沙汰から壁にもたれて背中をこする仕草は気持ち悪いが。

「琴子さんの弟？　……お兄さんじゃなくって？」

「気になったのそこかよっ」

弾くように姿勢を元に戻した和樹は、間髪《かんはつ》容れずにツッコミを入れた。次いで、これ以上ないほどに苦い顔をしながら由依に近付く。

「冷蔵庫の扉、開けっ放しにするな」

強引に扉を閉めた和樹は、由依にぐいっと顔を近付ける。

「ってか、どう見たって姉貴より年下に見えるだろ？　よく見ろよ、ほら」

「……」

――そんなこと言われたって、年上に見えるものは見えるもん。

などとは言いづらくて、由依は和樹からそっと目を逸らした。

「くっそ生意気なガキだな。こういう時は、嘘でも見えるって言え。それが生きてく知恵だ」

渋面を作りながらそう言った和樹は、行くぞと声を掛けて廊下に出ようとする。

「は？……どこに」

「いいところ」

「無理。だって夕食の支度あるし」

知らない人について行っちゃいけないことは、小学校の頃から耳にタコができるほど聞かされている。

一応琴子の身内だから、由依は気を使って遠回しに断った。なのに和樹は、呆れ顔になる。

「だぁーかーら、今から飯を食いに行くんだって言ってんだろ？」

「え？」

これまでの会話で食事に行くだなんていう言葉が出て来たであろうか。いや、それ以前にどうしてこの男と自分が食事をしないといけないのだろうか。

そんな疑問を由依が包み隠さず口にすれば、和樹は焦《じ》れたように頭をガシガシとかく。

「今日姉貴残業だから、飯食いながら進路相談に乗ってやってくれって言われてるんだよ」

「……はぁ」

経緯はわかったけれど、行く気はない。っていうか、行きたくない。

そう思って、由依はしっかり言葉で伝えたけれど、和樹は頑として引き下がらない。

押し問答の末、結局、由依が大人にならざるを得なかった。


和樹が選んだ店は、家から歩いて十分の国道沿いにあるファミリーレストランだった。

「好きなもん食えよ。ってか、どうせハンバーグかオムライスだろ？　ははっ」

ふんぞり返ってメニューをこちらに差し出す和樹にカチンと来て、由依は煮魚定食を注文してやった。ちなみに和樹は目玉焼きハンバーグだった。

「お前、その歳で煮魚ってないだろ？　ばあちゃんかよ。渋すぎる」

「いい年した大人が目玉焼きハンバーグって、ウケる」

「なんだとっ、お前、目玉焼きハンバーグの奥深さを知らねえんだな。これは一周回った大人が食べるもんなんだよ」

「へぇ」

自分が注文したものをムキになって擁護するなんて、超子供っぽいと由依は心の中で舌打ちする。一体、琴子はどうしてこんな男に進路相談に乗れなんて言ったのだろうか。

真が不良でもないのにそういう格好をするように、年上に対して波風立てぬよう丁寧語を徹底して使うのが由依の処世術だ。

しかし頼んでもないのに外食に連れてこられた上、悪い意味で目立つ男との相席というこの状況。由依は、もうどうでもいいやという心境になってしまう。

「……絶対に向いてないじゃん」

ギロッと和樹を睨《にら》んで呟けば、何故かニヒルな笑みが返ってきた。

「お前、俺が進路相談相手として不足だって思ってるだろ？　言っとくけどな、俺はこう見えて塾の講師やってんだ」

「嘘」

「嘘じゃねえよ。ほら」

目を丸くした途端、和樹は上着のポケットから財布を取り出し、一枚のカードを由依に見せた。

視界いっぱいに収まったそれは、顔入りの名札。おそらく塾の講義の際に胸につけるネームプレートなのだろう。

「こんな格好で塾講師だなんて……信じられない」

「そこかよっ。お前なぁ、人を見た目で判断するな。っていうか、格好よくないか？」

「よくない。引くほどダサい」

「そんなわけないだろっ。これは、俺がリスペクトしてるヒガシの帝王の千田銀太郎《せんだぎんたろう》の衣装の完コピだぞ」

「ヒガシの帝王？　千田？　なにそれ？」

「……マジか。伝説の闇金業の人情ドラマがわからんなんて、お前……世間知らずなのか？」

「違う。友達も絶対に知らないって言うと思う。っていうか、それいつの時代のドラマよ」

「じいちゃんが現役サラリーマンだった頃の……時代……」

「そんな古臭いドラマなんて見るわけないじゃん」

「……古臭いって、お前……名作なのに……」

がっくり肩を落とす和樹は、己《おのれ》の服装がダサいと言われたことより千田ナンチャラを知らないことの方にショックを受けているようだ。

でも知らないものは知らないし、わざわざスマホで検索するほど興味もない。

だから由依は、項垂《うなだ》れる和樹を放っておいて、タイミングよく到着した煮魚定食を食べることにする。

遅れて到着した目玉焼きハンバーグを見た途端、復活した和樹はウキウキとナイフとフォークを手に取った。

昭和のチンピラみたいな格好をしているのに和樹の食べ方はとても奇麗だった。対して一見すれていない女子高校生の由依は、お世辞にも奇麗とは言えない。

握り箸で魚をほぐすものだから、皿の中には煮魚の欠片《かけら》がいくつも残っている。

こういう時に育ちってものが現れるんだなと、由依は苦い気持ちになる。

琴子の食べ方も、とても奇麗だ。洗い物をする時にいつも不思議に思う。同じ皿、同じ料理を載せているのに汚れ方が全然違うのだ。

「なぁ、お前……もしかして遠慮とかしてんのか？」

「は？」

「俺はこう見えて生徒指名率一番の高給取りなんだぞ。変な気遣いするな」

「ううん、違う。煮魚って家で食べないから、食べたかっただけ」

「あっそ」

なんだそんなことかと肩をすくめた和樹に向けて、由依も同じように肩をすくめてやった。

それを見た和樹は、また「生意気だな」とぼやく。和樹は……いや、琴子も含めて、この二人はちゃんとした家で生まれて、ちゃんとした育てられ方をしたんだなと由依はしみじみと思う。

きっと榎本家の食卓には、煮魚なんか当たり前に並べられて、肉がいいのにとか文句を言っていたに違いない。

正直、羨《うらや》ましい。当たり前の生活がどれだけありがたいか気付かないまま無神経なことが言えて。

「……私もそっち側がよかった」

煮魚の欠片《かけら》が浮かぶ醜い皿を見て、つい胸の内を呟けば、頭上から「ほら」と声が降ってくる。顔を上げれば、和樹が大きめに切り分けたハンバーグを取り皿に載せてこちらに突き出していた。

「……何？」

「食べたかったんだろ？　ったく、それなら早く言えよ。目玉焼きの黄身食っちまったじゃないか」

「あ、私……白身派」

「あっそ」

とことん合わねえなとぶつくさ言いながらも、和樹は取り皿を由依の前に置く。

――そういうことじゃなかったんだけどな。

そう思ったけれど、由依は言葉に出すことはせず小さなハンバーグを口に入れた。

美味《おい》しかった。


食事が終わって、ドリンクバーで炭酸のジュースを選ぶ。ハンバーグのお礼に和樹にもアイスコーヒーを入れて席に戻る。

「ガムシロとミルク、一つずつでよかった？」

「ああ、ってか俺ブラック派。あと、なんでお前、俺にため口なん？」

「別に、なんとなく」

ささやかな意地悪をしているなんて、子供過ぎて言いたくない。

「琴子さんの弟さんなら、タメ口でいいかと思って」

適当な言い訳を口にして、由依は炭酸ジュースを飲む。

和樹もそこまで言葉遣いに対して気にしていないのか、由依と同じようにアイスコーヒーを啜《すす》る。

しばらく互いに無言でいた。けれどグラスの三分の一くらいまで飲むと、おもむろに和樹が口を開いた。

「で、お前、どうしたい？」

「……どうって……別に」

主語のない質問だけれど、これが進路のことについてだというのはわかる。でも、こっちは選べる立場じゃない。

「働くしかないじゃん」

「そりゃあ、お前……働かずに生きていきたいなら、宝くじを当てるかよっぽどの玉《たま》の輿《こし》に乗らなきゃ無理だろ？」

「そうじゃなくって、進学なんてできないよ」

「……お前、そんなに馬鹿だったのか」

「違う！　そんなんじゃない！」

バンとテーブルを叩いて由依は席を立とうとする。もう付き合ってられない。なのに和樹は、とことんマイペースだ。

「馬鹿なのは勉強の仕方に問題があるだけ。お前、高二だろ？　まだ間に合う。医者とか弁護士とかになりたくって国立大学行きたいんなら、ちょっと気合が必要だけどさ」

コイツ、本気でおちょくってるんだ。急に先生面《づら》し始めた和樹の顔に炭酸ジュースをぶっかけてやりたい。

そう思ったけれど、由依が取った行動は別のものだった。

「琴子さんから聞いてると思うけど、私、お父さんに捨てられたの。だから進学できるお金なんてない。就職するしかないもん」

「あ、そっちか」

「そう、そっち」

何がどっちで何がそっちなのかわからないけれど、納得してもらえてなによりだ。

由依の父親と琴子は結婚したけれど、式は挙げなかった。その代わり、琴子の両親と食事会をした。

それくらい互いのテリトリーに踏み込まない、上辺だけ取り繕《つくろ》った関係だった。

一人何万円もする超高級な老舗《しにせ》の料亭だったけれど、美味《おい》しかったかと聞かれたらハンバーガーの方がよかったと即答できる味だった。

きっと琴子の両親もそう思っていたに違いない。そして、父との結婚を快《こころよ》く思っていなかったはずだ。

なぜなら、たまたまお手洗いに立った時に、由依は聞いてしまったのだ。先にお手洗いに行った琴子と琴子の母の会話を。

『お母さん、やっぱ反対よ』

『今更そんなこと言わないで』

『でもね……あんな大きい子供が』

『お母さん！』

ぴしゃりと遮《さえぎ》った琴子の声はとても怖かった。

そして琴子の母が琴子と父親の結婚に反対している理由は、自分がいるからだと知ってショックだった。

あれ以来、由依は琴子の両親とは会っていない。弟がいるなんてことも知らなかった。

琴子と自分はどこまでいっても他人で、その程度の関係なのだ。だから真剣に進路相談なんて、する必要はない。

そう結論付けた由依に和樹が話し出す。

彼は、今日一番、真剣な表情をしていた。

「おい待て。確認だけど、お前馬鹿ってわけじゃないんだな？」

「成績は普通。追試受けたことないし、先生受けもまあまあ」

「ふーん。じゃ、それなりに選べるってことか。で、どうしたい？」

「だからぁ」

察しが悪い和樹に、由依はお金がないとはっきり口にする。そうすれば和樹は更に真顔になる。

「ガキが金の事心配すんな。気持ち悪い」

「なっ、気持ち悪いって」

「気持ち悪いじゃねーか。金なんて、どうにかなる！　……って姉貴は言ってた。あと俺もちょっとぐらいなら手伝ってやる……まぁ、ちょっとだけだけどな。あんまり期待するなよ」

最後は尻すぼみになった和樹の言葉に、由依は目を丸くする。まるで知らない国の言葉を聞いているようだった。

「……どうして？」

しばらく沈黙して、由依はおずおずと和樹に問い掛けた。

「あ、言っておくがスマホゲームの課金なんてしてないぞ。ガチャやりすぎて、翌月のカードの請求で白目むいたことなんてない……多分、な」

「そうじゃなくって！　ど、どうして他人に、そんな……あっさり援助するなんて言えるの？」

尋ねた途端に、由依の心の中で言葉にできない感情が暴れ出す。

苛立ちとも、怒りとも違うモヤモヤした気持ち。ここ最近——琴子と一緒に暮らし始めてから、由依は時々こういう気持ちになってしまう。

知らない感情に振り回されるのは好きじゃない。というか嫌だ。

そんな思いからどんどん目付きが険しくなる由依に、和樹は呆れ顔で言った。

「そんなん、家族だからに決まってるだろ」

「なにそれ。血なんか繋《つな》がってないじゃん」

「はっ、小難しいこと言ってんじゃねえよ」

そんなこと言葉にしなくてもわかるだろ、と諭すように言葉を付け足され、由依は悔しくて唇を噛んだ。

「ま、拗ねるのはあとにしろ」

「……拗ねてないもん」

「あーじゃー、不貞腐《ふてくさ》れるのは」

「不貞腐《ふてくさ》れてなんかないもん！」

ムキになって和樹の言葉を遮《さえぎ》ってしまったけれど、和樹は「そういうところがガキなんだ」とは言わなかった。

「まぁ、アレだ……進路相談、ちゃんと始めるか」

仕切り直しにアイスコーヒーをひと口飲んだ和樹につられ、由依も炭酸ジュースを飲んで気持ちを切り替える。

「志望校、あんのか？」

「……うん、ある」

戸惑いながら大学名を伝えれば、和樹は信じられないといった目を由依に向けた。

「お前、しっかりしてるじゃん。ってか、俺、相談に乗る必要なかったじゃん」

悔しそうに顔を歪める和樹に、由依は「そうじゃないでしょ！」と怒鳴りたかった。

もっと、お金のことどうするのか聞いて、大学行かせてもらえるのがどれだけありがたいのか説教してほしかった。

そして自分がどれだけ恵まれていて、どれほど琴子に感謝しないといけないのか、うざいくらい言ってほしかった。

だって逆の立場だったら、由依は血の繋《つな》がらない……まして自分を捨てた男の子供の面倒なんか死んでもみたくない。縋《すが》り付くくらいしてくれなきゃ、話だって聞いてやるもんかと思う。

だからそう言ってほしかった。偉そうなことを言って、自分を腹立たせてほしかった。

悔しい気持ちと、情けなさで、苛立ちが込み上げる。でも、それ以上に嬉しいなんて言葉では言い表すことができない気持ちで鼻の奥がツンとしてしまう。

「……え？　俺、なんか突き放したみたいな言い方になってたか？　……ごめん」

涙目になった由依に狼狽《うろた》えた和樹は、しゅんと肩を落として謝罪する。しかし謝られた側の由依からすれば、とても複雑な気分だ。

――なんで自分の私服がダサいことに気付かないくせに、今の私の気持ちには無関心でいられないの？　もうっ、どうせなら今着ているダサい服について謝ってほしかったのに。

などと憎まれ口を叩けたらどんなに気持ちが楽になるだろうと、由依は唇を噛む。

しかし口から出た言葉は別のものだった。

「突き放されたただなんて思ってない。ただ……志望校言ったら否定されるかと思ったのに、そうじゃなかったから……驚いただけ」

最後はごにょごにょと尻すぼみになった由依に和樹は声を上げて笑う。

「なんだそんなことか。ま、お前みたいな年頃のガキはこういう話するのって苦手だよな。でも、俺はこう見えて進路相談のプロだからその辺はちゃんとわかってる。お前は無茶はしないガキだ」

大人ぶった和樹の笑顔に、由依は同意も否定もできなくて曖昧《あいまい》に頷く。それから進路相談というより、和樹から受験勉強のアドバイスをいくつかもらって、二人はファミレスを後にした。


深夜零時を回るか回らないかという頃、琴子はようやく帰って来た。

「ただいまぁーって、まだ起きてるの？」

玄関まで出迎えた由依に、琴子は目を丸くした。

「はい。といってももう寝ますけど。あの……弟さんに会いました」

「あーよかったぁー。急にごめんね。びっくりしたでしょ？」

申し訳なさそうに両手を合わせる琴子に、由依はなんて答えていいのかわからない。もじもじする由依を見て、琴子は靴を脱ぎながら更に眉を下げる。

「本当は週末にって思ってたけど、あいつ塾の講師やってるじゃん。で、土曜日は塾あっても、日曜日はてっきり休みと思ってたんだ。けど、最近って土日関係なく塾ってあるんだよねー」

「……そうなんですか。あ、ビール出します」

「ありがとう！　あっ、いいよ、いいよ。自分でやる」

「いえ。おつまみもあるんで」

「マジ⁉　用意してくれてたの⁉　嬉しっ。いつもありがとね」

「いえ……そんな」

リビングに向かいながら琴子は、由依に向かって手をひらひら振る。その後ろを、由依は犬のようにトコトコとついていく。

「それでね、昼過ぎに急に和樹から連絡あったんだ。今日なら休みで空いてるぞって。ったく、急に言うなって感じだよね。まぁ、私も同じじゃか。由依ちゃんに連絡しなきゃと思って、気付いたら二十時過ぎてたし」

「……仕事、大変なんですね」

「まあね。でも、忙しいのは言い訳でしかないよね。ほんと、ごめん」

ジャケットを脱ぎながら微笑む琴子の顔は、まるで知らない大人の女性だった。

互いの連絡先は交換しているけれど、これまで由依は琴子から連絡をもらったことはないし、連絡をしたこともない。

そんな関係だから琴子が和樹と自分を勝手に引き合わせたことも、この説明でストンと胸に落ちる。

――でもきっと、父がそうしたならブチギレていただろうな。

父が娘の進路のことを気に掛けるなんて、真夏に雪が降ってもあり得ないことだけれど。

キッチンに戻った由依はそんなことを考えながら、簡単なつまみを作る。

今日のビールのお供は、きゅうりに柚子胡椒を和《あ》えた浅漬けもどきと、レンジでチンするだけで作れるとろけるチーズのチップスと、プチトマトにベーコンを巻いて軽く焼いた焼き鳥もどき。

手早く皿に盛り付けたそれらをトレーに載せてリビングに戻る。

「あ……ねえ、由依ちゃん、和樹どうだった？　由依ちゃんに失礼なこと言わなかった？」

リビングに戻ったと同時に琴子に尋ねられて、由依はつい目を逸らしてしまう。

何かを察した琴子は、深い深い溜息を吐いた。

「……アイツの私服ヤバかった？」

「はい」

食い気味に頷いた途端、琴子はカーペットの上にぺしゃりと座り込むと頭を抱えた。

「あの馬鹿……まともな格好に着替えて会えってあれほど言ったのに！　まったく、本当に馬鹿」

ここにはいない弟に悪態を吐く琴子を無視して、由依はローテーブルにビールとおつまみを並べた。

爽《さわ》やかな柚子胡椒の香りが漂《ただよ》っても、琴子は微動だにしない。柚子胡椒を使った料理は琴子の好物で、いつもだったら一番に箸をつけてくれるけれど、今日はチラリとも見てくれない。

由依は一人オロオロするが、琴子はそれにまったく気付かないまま再び口を開く。

「あのね、聞いて。私さ、顔見る度にやめろって言ってるんだけど、アイツ全然聞かないの。ほんと、ごめん！」

「琴子さんが謝ることじゃないですよ」

「んーでも……ご飯食べに行けって言ったの私だから。ぶっちゃけ恥ずかしかったでしょ？　あんな格好の人と一緒にご飯食べて」

「それは……その……」

琴子はイタイ服装の男と一緒にご飯を食べろと提案したことを後悔しているよう

だった。

「お店……どこ行ったかわかんないけど、本当にごめん。当分、そこ行けなくなっちゃったよね」

「あ、いえ。国道沿いのファミレスだったんで」

「もう馬鹿！　本当に馬鹿‼　なんでもっといいところ連れて行かなかったのよ！」

「……煮魚定食美味《おい》しかったですよ。和樹さんもハンバーグ分けてくれましたし」

「そう？　そっか。いや、待って。そっかでいいの？　ってかアイツのハンバーグ好きは、もう病気ね」

「和樹さんは病気じゃなくって、目玉焼きハンバーグは一周回った大人が食べるものだって言ってました」

「そんなわけあるかっ」

芸人顔負けのツッコミに、由依はつい噴き出してしまった。それに合わせて、琴子もつられて笑い出す。

「もうっ、困った奴だ。でも姪っ子にダサいって言われたら、ちょっとは堪《こた》えるかも。今度言ってやろ。いいよね？　由依ちゃん」

「もちろんです」

くるりと切れ長の目を動かして、こちらに同意を求める琴子の仕草が女友達に向けるそれのようで、由依はなんだかくすぐったい気持ちになってしまう。

「じゃ、私、夜食用意してきます。琴子さんは、ビール飲んでてください」

和樹の私服の件はこれで一段落したと判断した由依は、一呼吸置いて違う話題を振る。琴子は申し訳なさそうな表情を浮かべながら、ゆっくり顔を上げた。

「……ん。食べたい。実はね……さっきからつまみの誘惑がヤバくって」

言い終えて照れ臭そうに笑う琴子に、由依はテーブルに置いてあるビールを持ち上げ、琴子にどうぞと差し出す。

「ぬるくなっちゃうから、早く飲んでください。すぐに夜食を用意しますから」

そう言いながらトレーを持って立ち上がった由依の腕を、琴子は掴《つか》んだ。琴子の指先は、ベージュのネイルが光っている。

「お言葉に甘えていただかせていただきます、由依ちゃん」

琴子のめちゃくちゃな敬語に噴き出しそうになりながら由依が頷いたと同時に、ビールの栓がプシュッと音を立てて開く。この音が日に日に好きになりつつあることを実感しながら、由依は急ぎ足でキッチンに戻った。

十分で用意した刻みネギを散らした焼きおにぎりのお茶漬けと、奈良漬けを持って由依は再びリビングに戻る。

この短い間に琴子は、おつまみもビールも完食していた。

「お待たせしました」

「お、待ってましたー」

「あ、あのっ」

「ごめん。着替えてくるから、ちょっと待ってて」

「……はい」

今日、深夜まで琴子の帰りを待っていたのは、和樹の私服のことを話したかったわけじゃない。

なのに本題に入ろうとした途端、琴子は姿を消してしまった。かなり勇気を出したのに、出鼻をくじかれ由依は心が折れそうになる。

でも和樹と約束したのだ。今日、ファミレスでの会話は全て琴子に伝える、と。

――だから、私の心が完全に折れないうちに早く戻ってきてほしい。

そんなことを真剣に祈る由依だったが、神様にも良心というものがあったようで、さほど待たずに琴子は部屋着に着替えてリビングに戻ってきてくれた。

「今日、和樹さんと進路相談をして、私……進学したいと思ってるんです」

お茶漬けを五分で平らげた琴子に、由依はそう切り出した。

「ん、了解」

ごちそうさまを言い終えた琴子は、拍子抜けするほどあっさり頷いた。

「由依ちゃんの学校は付属で短大と四大もあったよね？　そのまま上に行くの？　それとも外部受験する？」

「あ、できれば外部受験を……福祉系の大学に行きたいんです」

高校一年生の春、課外授業でボランティア活動をした際に、由依は将来の夢を決めた。

自分が誰にも必要とされないなら、自分が誰かに「あなたは必要なんだよ」と言ってあげられる仕事に就こうと。

それから自分なりに模索して、ここだと思う県立大学を見つけたのはつい最近だった。そんな志望動機と大学名を琴子に伝える。返ってきたのは、感心したような笑みだった。

「そっか。福祉かぁー。ってか、福祉って何やるの？」

「うーん……ソーシャルワーカーとか？　なんか直接、人と触れ合えそうな気がして」

「へぇ」

我ながら臭いことを言ったなと由依は居心地悪さを覚えていると、琴子は突然テーブルに伏せてあったスマホを手に取るとスルスルとスクロールし始める。

――やっぱ私のことなんて興味ないのかな。

急に態度を変えた琴子に、由依はしょげてしまう。けれどそうじゃなかった。琴子はスマホを数回スクロールした後、「お、意外に安い」と呟いた。

「え？」

琴子の独り言の意味がわからない由依は、マナー違反だとわかりつつスマホの画面を覗《のぞ》く。そこには自分が志望している大学の年間授業料の一覧が表示されていた。

由依の視線に気付いた琴子は、スマホの画面をより見やすいように移動しながら口を開いた。

「由依ちゃんの話聞いてさぁ、福祉系って医学部っぽいなーって思ったんだよね。だから授業料も高いのかなって今調べてみたんだけど思ったより安いのね」

由依が志望する大学は県立だから私立に比べれば高くはないし、ましてや医学部に比べれば全然だ。しかし、金額だけを見るなら決して安いものではない。

なのに、琴子は「安い」と言った。気に入った洋服の値札を見た時のような口調で。学費をすでに調べている由依は、一通り画面を見つめて、もう見終わりましたと伝えるためにぺこっと頭を下げる。

「それにしてもさぁ、やっぱ医学部ってブランド料も含まれてるから高いのかなぁ。知らんけど」

画面を閉じてスマホをテーブルに置きながら琴子はポツリと言った。

急に関西人みたいな口調になった琴子に、由依はつい苦笑してしまう。気になるところがどうもズレている。

「そんなわけないじゃないですか。だって医学部って、その……言い方あれだけど、遺体解剖したりするからじゃないですか？」

「なるほどー」

一つ頷いた琴子は、ビールをグビグビ飲む。そしてニカッと笑ってこう言った。

「受かったらさぁ、温泉旅行しようねー」

学費のことも先のことも、何にも気にしないでいいよ。そんなふうに聞こえて、言葉にできない感情が溢《あふ》れてくる。

ただここで気持ちのままに泣けるほど素直ではない由依は、拗ねた口調で可愛げのないことを言ってしまった。

「温泉旅行なんてババ臭いですよ」

すぐさま琴子は「可愛くないねー」と言いながら笑う。これっぽっちもムッとしていなくて、逆にとっても嬉しそうで。

「やっぱ、温泉行く！　由依ちゃん、行けば温泉の素晴らしさがわかるから。ね？」

どうしてここまで琴子がポジティブ思考になれるのかわからないけれど、志望校には何がなんでも受かってみせようと由依は心に誓った。

第三章　玉露の香りと、無敵の微笑み

三者面談が終わり、秋は一層深まった。通学路の銀杏《いちょう》並木は葉をゆっくりと落とし、黄金色《こがねいろ》の道を作る。

そこを歩く生徒は「今年もこの季節が来たね」と言い合いながら、銀杏《いちょう》の香りに苦笑する。

由依が通う学校は、地元ではお嬢様校と呼ばれる私立の中高一貫校だ。生徒の一部は親の見栄で受験させられ、また別の生徒はお嬢様というワードに憧《あこが》れ、残りの一部は学力がたまたまここに合っていたという理由で入学しているため、学校イベントは他校に比べて盛り上がりが少ない。

特に文化祭は一般公開をしないせいで、生徒のテンションは地に落ちている。イベントを通して友情を深めたいと思っていない由依も、友人二人とお喋《しゃべ》りに花を咲かせていたら、気付いた時には終わっていた。

そんなこんなで秋は駆け足で過ぎていき、街中に響くクリスマスソングをＢＧＭに期末試験を終えた今日は、二学期の終業式である。

「由依ぃー通知表どうだった？」

「あー家庭科と美術の評価が変わっただけで、後は一学期と変わらなかった」

「マジで？」

「うん」

そそくさと帰り支度をしていたら友人に声を掛けられ、由依は曖昧《あいまい》な笑みを浮かべて答えた。

「そっかぁー。私、英語下がった……マジヤバい」

そう言ってがっくりと肩を落としたのは、堀田莉愛《ほりたりあ》。彼女も由依と同じ中等部からのエスカレーター組である。

とはいえ、由依と莉愛は中等部時代、別段仲よくはなかった。やたらと委員会が一緒だったり、遅刻するタイミングが同じだったりと無駄に縁があっただけ。

共通の友人もいないので顔見知り以上の関係にはならず、互いに「あ、今日もいる」程度の認識だった。

しかし高等部に進級して同じクラスになり、距離はぐっと縮んだ。そして今は互いに下の名前で呼び合い、昼食も共にする仲になった。

「あーあ、ママにブーツねだろうと思ってたのにぃ」

緩く巻いた毛先をいじりながら莉愛は唇を尖らす。校則違反ギリギリのメイクをした上でのそれは、完全に異性を意識しての仕草だ。

開業医の父を持つ末っ子の莉愛は、両親と祖父母にとことん甘やかされて育った。でもそうしたくなる容姿を莉愛は持っている。

生まれつき色素の薄い髪と目。加えて人形のような可愛らしい顔立ち。背は自分とさほど変わりないけれど、全体的に華奢《きゃしゃ》でつい手を差し伸べたくなる雰囲気がある。

唯一の欠点は、莉愛自身がそれを自覚していること。家族間での甘え上手は長所になるかもしれないけれど、友人関係では狡《ずる》いなぁと思ってしまうことが度々ある。

そんな莉愛が、由依はちょっとだけ羨《うらや》ましかった。誰彼構わず甘えられるのは愛されて育った証拠だと思うから。

「でも堀田さん、お正月は海外に行くんでしょ？　その時なら、買ってもらえるんじゃない？」

そんなふうに拗ねた莉愛に慰《なぐさ》めの言葉をかけたのは、由依のもう一人の友達である佐都仁美《さみやひとみ》だった。

莉愛は気にかけてもらえたのが嬉しかったのか、指先に毛先を絡ませながら上目遣いで仁美を見た。

「それはそうだけど……旅行の時は、バッグ買ってもらおうと思ってたんだよね」

「そっか。なら、今度のテストで頑張るってことで交渉してみたら？」

「あ、それありかも」

パッと笑顔に変わった莉愛を見て、仁美はほっとしたように息を吐いた。

仁美は由依たちとは違い外部受験で、高校からこの学校に入学した。

規律ばかり厳しいここのどこに魅力を感じたのかわからないけれど、仁美は小学生の頃からこの学校に通うのが夢だったらしい。

そして中等部から上がって来た自分たちに憧《あこが》れを抱いている。由依からするとその全てが謎であるが、仁美から無邪気に「いいね」と言われると強く否定できない。

「あ、そうそう！　二人に聞きたかったんだけど、今日さ、クラスでクリスマス会あるけど参加する？」

ブーツの悩みが解消されてすっきりした表情になった莉愛は、教室の後ろに貼り出してあるクリスマス会の案内を指差して訊いた。

「ごめん、行かない」

「私も……ごめん」

即座に由依は首を横に振った。仁美は少し間を置いてから、頭を下げる。

「そっかぁー……二人とも行かないなら私も行くのやめよっかなぁ」

行かないんじゃなくて、行けない。微々たる違いだけれど、そこは勘違いしないでほしい。

でも莉愛に向けてそう言おうものなら、友情に亀裂が入るのは目に見えている。女同士の友情は、脆《もろ》く崩れやすい。ちょっとしたことがきっかけで、こじれてしまうのだ。

ここは余計なことは言わず、莉愛に諦めてもらおうと由依は無言を貫く。対して仁美は、莉愛の機嫌を窺《うかが》うようにもじもじして、少し間を置いて口を開いた。

「あの……やっぱ私、クリスマス会行く。莉愛ちゃん、一緒に行こ」

「え？　いいの？　でもさ仁美、デートじゃないの？」

「うん……まぁ、そうだけど。でも昨日も会ったし、今日は夜にちょっと会えればいいよ」

「ふーん。いいならいいけど」

二人のポンポンと飛び交う会話を聞いていた由依は目を丸くした。

「え？　仁美ちゃん、彼氏いるの？」

「うんそうだけど。あれ？　由依ちゃんには言ってなかったっけ？」

「初耳だよ」

「そうだっけ。ごめん」

「仁美、一昨日彼氏ができたんだよー」

由依は仁美に「おめでと」と伝える。

「報告が遅くなっちゃってごめん。あと、ありがとう」

照れながらはにかむ仁美は、いつもより二倍は可愛く見える。

「じゃあ、これ……お祝い！　受け取って！」

「あ、ありがとう！」

ポーチから未使用のグロスを出して仁美の手に押し込むと、ぱぁああっと眩《まぶ》しい笑顔が返ってきた。

中一からバレー部一筋の仁美は、クラスで三番目にお洒落《しゃれ》に疎《うと》い。

ショートカットの髪は櫛《くし》を通しただけだし、爪を磨くことも眉を整えることもしていない。でも、素材はいい。

莉愛のような可愛い系じゃないけれど、大きな一重《ひとえ》の瞳は涼しげで魅力的。ただちょっと地味顔だから、華やかなグロスを塗ればぐんと印象は変わるだろう。

「可愛い色だねー。ねえ、仁美つけてみなよ。私、鏡持ってるし」

「あ、う、うん」

「ほら仁美、ここ座って座って」

「あ……うん」

肩を掴《つか》まれ、強引に他人の席に着席させられた仁美は、不器用な手つきでグロスのキャップを外して鏡を見ながら唇に塗る。

「似合うっ。可愛い！　由依、ナイスプレゼント」

「うん。ほんと似合うよ」

「そ、そっかな」

グロスの感触に慣れていないのか、仁美は唇をむにゅむにゅさせながら照れ笑いを浮かべる。その表情がまた可愛い。

本当は気に入りすぎて使えなかったグロスだけれど、惜しいという気持ちより祝福する気持ちの方が強かった。

「あ、そうだ！　私もなんかプレゼントしたいから、このあと付き合って。仁美、いいでしょ？」

無邪気に提案する莉愛に、仁美はちょっと困り顔だ。贈り物をもらうことに恐縮しているというより、どうも用事があるという類《たぐい》のそれ。

——余計なことしちゃったかな？

もしかしたら仁美はクリスマス会前に、彼氏と会いたいのかもしれない。会えなくても、声だけでも聞きたかったのかも。

そんなふうにお節介な気持ちが湧き上がるが、口に出していいのか判断に迷う。……などと悩んでいるうちに、莉愛は仁美の腕を引いて「行こっ」と声を掛け、仁美はグロスを制服の上着に仕舞いながら席を立つ。

「由依は一緒に行ける？」

「ごめん。すぐ帰らないと」

「そっかぁ残念。あ、もしかして由依も今日は彼氏とデートだったりして」

「違うよ」

食い気味に否定すれば、莉愛は「ツッコミ早すぎ」と声を上げて笑い、更に言葉を続けた。

「でもさぁ、この前会った幼馴染《おさななじ》み君、カッコよかったじゃん」

幼馴染《おさななじ》みの子とは、真のことだろう。

つい先日、ショッピングモールにキナコのドッグフードを買いに行く真に付き合った際に、ばったり莉愛に会ったのを思い出す。

「マコトとは別にそういうのじゃないよ」

「そう？　でも名前呼びしてるじゃん」

「それは、幼馴染《おさななじ》みだから」

真は自分にとってかけがえのない存在だ。だから同級生がする恋バナレベルで名前を出してほしくない。

そんな気持ちが隠せなくてついキツイ口調になってしまったら、莉愛はわざとらしく肩をすくめた。

「ま、由依がそう言うなら、そういうことにしとく。でも、真君、カッコいいと思うよ」

透明マスカラでぱっちりさせた瞳をくるりとこちらに向けた莉愛に、由依は苦い気持ちになった。

莉愛は異性にモテる。そして、すぐに恋愛モードに入る。

可愛い莉愛がモテるのは当然だと思うけれど、他人にまで恋愛を押し付けるところは好きじゃない。

——でも、欠点のない人間なんていないもんね。

これは勝手な持論だけれど、女子高生の友情の深さは、どれだけ同じ時間と秘密を共有したかに比例する。

けれど、自分は望む望まないは関係なく夕食を作らないといけないから、お世辞にも付き合いがいいとは言えないし、父が失踪して継母《ままはは》と二人暮らし中ということを隠している。

だから、ここはイラッとしてはいけないと結論を下した由依は、場の空気を変えようと精一杯明るい声を出す。

「じゃあ、もしマコトに会ったら莉愛がカッコいいって言ってたって伝えておくね」

すぐさま莉愛は「えーやだぁ」と身体をくねらせながら笑った。そのタイミングを逃さず由依は言葉を重ねる。

「じゃ、私そろそろ行くね。よかったら正門まで一緒に帰ろ」

「うん！」

「そうだね」

機嫌が直った莉愛と、険悪な雰囲気を回避できて安堵する仁美と一緒に由依は教室を出た。

靴箱に向かう途中、廊下ですれ違った先生に「こら、早く帰りなさい」と叱られたけれどなんのその。無事に二学期を終えた由依たちには先生の小言なんて全然恐くはなかった。

＊

「……クリスマス、か」

莉愛たちと別れた由依は、スーパー山下に向かいながら暗い表情になる。

これまでクリスマスなんて終業式のおまけぐらいに思っていた。けれど今年は違う。琴子と初めて過ごすクリスマスだ。

記憶を辿《たど》ってみると、両親とクリスマスを過ごしたのは小学校に上がる前が最後。時々、真と会うことはあったけれど、それでも夕方には解散。以降は一人で過ごしていた。

街中が浮かれる夜、一人で過ごすことが苦痛じゃなかったと言えば嘘になる。

そういう時は、いないものはいないのだから仕方がないと自分に言い聞かせていた。

無論、一人でケーキを食べるなんて侘《わび》しい真似なんかしたくなかったから、絶対に口にしなかった。

でも、しつこいけれど今年は違う。家に帰ってきてくれる人がいる。クリスマスの特番がテレビで流れる中、ただいまと言って玄関を開ける琴子を想像するだけで、由依はつい口許が緩んでしまう。だが、クリスマス用のごちそうを用意したら引かれてしまうかもという不安もよぎる。

今朝の琴子は元気だったけれど、浮かれてはいなかった。普段通りに見送る由依に「行ってくるね」と笑顔で手を振ってくれたけれど、クリスマスの〝ク〟の字も出なかった。

——琴子さん、クリスマスを楽しみにしてるわけじゃないのかなぁ。

出会ってまだ一年足らずの琴子が、これまでどんなふうにクリスマスを過ごしてきたのか、由依にはわからない。

自分と同じようにあんまりいい思い出がないのかもしれないと思ったら、夕飯のメニューを決められなくなった。がっかりしてほしくないし、されたくもない。

「チキンはやめよう、チキンは。あ、でも鶏肉を使ったシチューはありかも。サラダはカルパッチョ風にして……バゲットはちゃんとしたパン屋で買おっかな。ケーキはどうしようか。駄目だ、いかにも過ぎる」

月の食費の余りが由依の翌月のお小遣いになる。そしてクリスマスは月末間近。懐を温かくしてお正月に臨みたいなら、ここは切り詰めるところ。

でも頭の中にはそんな考えなど一欠片《かけら》もよぎることはなかった。

鶏肉のシチューじゃなくって、ちょっとアレンジしたチキンポットパイ。バゲットにはガーリックバターと明太子を塗ったやつを二種類。サラダと前菜っぽい何かはスーパーに行ってから考える。

普段より少しだけ豪華な夕飯のメニューに決めた由依は、スーパーの他にもいくつかお店に寄って帰宅した。

自宅マンションに戻った由依は、簡単に昼食を食べて冬休みの宿題の段取りをさっさと決める。

一息ついてココアを飲みながら、初めて作るポットパイのレシピをスマホで確認したら足りない材料を見つけて、再度スーパーに走った。ついでにと制服と琴子のスーツを抱えてクリーニングに出しに行く。

エコバッグに初めて買ったハーブと、クリーニングの預かり券を入れて自宅に戻ってきた由依は、それからずっと台所に立ち続けた。

——数時間後。

日が暮れて街に灯りがともり、テレビから毎年恒例のクリスマス番組が流れる頃、琴子は帰宅した。

「ただいまー。やっぱホワイトクリスマスにならなかったねぇー」

子供みたいに笑いながら靴を脱ぐ琴子は、A4サイズの書類が入る大きな通勤バッグとは別に、百貨店の紙袋を持っていた。

「はい、由依ちゃん。これ、今日一緒に食べようね」

寒さからなのか頬と鼻を赤くした琴子から、由依は紙袋を受け取る。

迷いつつそっと覗《のぞ》き込んだら、四号のクリスマスケーキとシャンパンとシャンメリーが入っていた。

その夜、由依は世界で一番美味《おい》しいケーキを食べることができた。

翌朝、冬休み初日。いつも通りの時間に目が覚めた由依がリビングに行くと、テーブルにはプレゼントが置いてあった。

＝＝＝＝＝＝＝＝＝＝＝＝＝＝＝＝＝＝＝＝＝＝＝＝＝

メリクリ、由依ちゃん。

いつも美味《おい》しい料理をありがとう。

これは日頃の感謝の気持ちです。

使ってもらえたら嬉しいです。

サンタより

＝＝＝＝＝＝＝＝＝＝＝＝＝＝＝＝＝＝＝＝

「もう、琴子さんったら」

由依は高校二年生だ。サンタがいるなんてもう信じていない。なのにこんなふうに書くのは琴子らしい。

くすっと笑いながらラッピングを解けば、十代の女子に大人気のクリスマスコフレが顔を出す。

「……使うに決まってるじゃん」

言葉とは裏腹に、由依はもったいなくて使いたくないと思う。

でも琴子が修学旅行のお土産《みやげ》で買ったボールペンを使ってくれているんだから、自分も大事に使おう。そう決めた由依は急いで顔を洗って着替えをする。

ちょっとだけメイクをしてみようとしたら、鏡の前で生真面目に正座する自分がいた。

＊

人生楽あれば苦あり。

それっぽい歌詞がふと脳裏によぎった。何の歌だっけ？　と由依は記憶を探る。ちょっとして、それが古い古い時代劇の主題歌だったことを思い出す。

思い出せてすっきりするかと思ったけれど、特に心は動かなかった。ふぅんと思っただけ。

今の自分が置かれている立場も「ふぅん」と思いたいと願いながら、由依は窓に目を向ける。

障子の隙間から見える冬の空は澄んでいて、絶好の洗濯日和なのにそれができない現状に心の中で溜息を吐く。長時間正座している足は、そろそろ感覚がなくなりそうだ。

由依は父方の祖父母の家にいる。琴子と一緒に。

無論自主的に来たわけじゃない。昨日始めた大掃除の最中、祖母から呼び出しの電話が掛かってきて、嫌々来たわけだ。

何度も足を運んだが一度も居心地がいいと思えない和室の一室で繰り広げられているのは、祖母の一方的な不幸話と自慢話。どちらもうんざりする内容で、祖父は「ちょっとトイレ」と席を外してから戻ってこない。

由依からしても、で、何が言いたいの？　とツッコミを入れたいこの話は、一周……いや二周回っても、理解できない。

飽きもせず語り続ける父方の祖母の橋坂文江《ふみえ》は、由依にとってとてもとても苦手な人である。

幼い頃はそれなりに懐いていたけれど、ちょいちょい見え隠れする祖母の底意地の悪さに気付いてしまってからは、完全に苦手な人になった。

「友君はね、本当に優しい子だから。きっと今も辛い思いをしていると思うのよ。本当に。昔っから勉強もスポーツもできてね。お仕事だってとっても頑張ってるわけでね」

——友君って何？　マジで気持ち悪いんですけど。

七十過ぎの母親が、四十過ぎた息子を君付けで呼ぶことに恥ずかしさを覚えないのだろうか。

そりゃあ、祖母は長いこと子宝に恵まれなくて、結婚してから十年ほどしてやっと子供に恵まれた苦労人だ。今の時代と違って、不妊治療とかなかっただろうし、古臭い価値観をぶつけられて辛い思いもしただろう。

そんな中生まれて来た父は、祖母にとっては可愛くて可愛くて仕方がない存在なのかもしれない。

だからといって、いまだに息子のことを友君と呼ぶなんてどうかしてる。あと、息子がしでかしたことを知っているくせに、そこは都合よく棚に上げているところはどうかと思う。

「由依ちゃん、聞いてるの？」

「あ、はい聞いてます」

意識を他所《よそ》に飛ばしていたら、祖母から注意されて由依は慌てて背筋を伸ばした。

「まったく、由依ちゃんったら昔っから駄目な子ね。友君はあんなに頑張っているのに」

「……はぁ」

「はぁ……って、それが目上の者に対する口の利き方なの？」

「ごめんなさいじゃなくって、すみません」

「……すみません」

目がつり上がった祖母から顔を背《そむ》けて、由依は言葉を紡ぐ。その態度が更に祖母の怒りを助長することはわかっているが止められなかった。

祖母にとって由依という存在は、愛する息子の付属品でしかない。そして自分から大事な息子を奪った女の子供……と、憎んでいる節がある。

父と産みの母は恋愛結婚だった。大学時代に知り合って、そのまま付き合って結婚して、父が浮気を繰り返して母は愛想をつかして出て行った。

祖母は今でも母をとことん嫌っているけれど、母だって自分のことをとことん蔑《ないがし》ろにする父を憎んでいたはずだ。

その証拠に、離婚の際にあっさりと自分を置いていったのだ。大抵の母親は我が子を何としてでも手放したくないともがくはずなのに。

もしくは、新しい人生を歩むのに自分は邪魔だと思ったのかもしれない。ずいぶんと可愛くない考えだと思われるかもしれないが、お節介な母の姉から、わざわざ「あなたのお母さんは、再婚したのよ」と教えられた過去がある。

母方の伯母から暗にもう母親とは関わるなと言われた由依は、それから一度も母には連絡をしていない。あちらからも一度も連絡はない。

とにかく、母にも多少の問題があったかもしれないが、父は人に褒められるようなことをしていないことは確かだ。

なのに祖母は世界で一番父が偉くて、すごくて、悪いことなんか何一つしていないと信じている。

そんな人に、自分の気持ちなんてわからないし、わかってほしいとも思っていない。

今日の祖母は、七十を過ぎてもきちんと化粧をして、奇麗な洋服を着ている。通された和室も片づいていて、ぱっと見は良識ある人に見える。

しかし中身は常識皆無。偏見でしか物事を語れない性格を恥ずかしいと思ったことは一度もないのだろうか。いや、絶対にないだろう。

由依が言葉にすることなく、そんな気持ちで反抗的な態度を取れば祖母の逆鱗に触れてしまう。

「まったく……友君はしっかりしているのに、どうして娘のあなたは駄目なのかしら。そりゃあ、友君が出て行ってしまって寂しいのはわかるわ。でも由依ちゃんが駄目な子になっていい理由にはならないのよ。……ところで、由依ちゃん、友君がいないからって、お勉強さぼってるわけじゃないでしょうね？　変なお友達と遊んだりしていないわよね？　橋坂の家の名に泥を塗るような真似はやめてちょうだい」

最後に頬に手を当て溜息を吐いた祖母に、思わず口を半開きにしてしまった。あまりにくだらない内容すぎて。

――私……父親が失踪して寂しいなんて思ったこと一度もないし、心配もしていないんですけど。

などと口にすれば、小言が増えることは火を見るより明らかだ。でも黙っているだけで、由依の心の中にはふつふつと怒りが湧いている。

――だいたい駄目な子って何？　友達付き合いを後回しにして、毎日ご飯作って、勉強して、掃除して洗濯してるのに、なんでそんなこと言われなくちゃいけないの？

それに橋坂の家の名に泥を塗るような真似をするなと言われても、そもそも橋坂の家がなんぼのものかわからない。何にも知らないくせに、勝手なことを言わないでほしい。

そう言おうと由依は口を開きかけるが、その前に祖母が更に責め立てる。

「まあ……ね、由依ちゃんも知らない女性と一緒に生活してるんだからストレスは溜まるかもしれないけれど……今ここで不良になっても、何の得にもならないわ。友君だってお勉強もスポーツもできていたけれど、苦労してなかったわけじゃないのよ。みんな、大変なの。自分だけだなんて思わないで」

まるで道徳の教科書に出てくるような文言を紡ぐ祖母を見て、由依は半開きにしていた口をぎゅっと閉じる。

――そんなこと、言われなくってもわかってる。

ある日突然、他人と同居することになったんだから、ストレスがなかったと言えば嘘になる。必死に隠していたけれど、ずっと神経が張り詰めてピリピリしていた。

でも苦労しているなんて思ったことはなかった。由依には何でも話せる真がいるし、琴子だって、見捨てずに残ってくれた。

毎月、食費の口座にはお金が振り込まれている。電気もガスも止められていない。学校にだって普通に通わせてもらっている。

本当だったら、今住んでいるマンションを追い出されて路頭に迷った挙句、学校を中退していかがわしい仕事をして生きていかないといけない人生だったかもしれない。ものすごく恵まれていることはちゃんと、わかっている。だから真面目に生きている。

ただ、不良になんかなるつもりはない。

ただ、そのことを祖母にだけは言われたくない。

忘れることなんてできやしない。父が失踪してすぐに連絡を入れた時、祖母は「大変！　友君、お腹空いてないかしら」と言った。

孫がどれだけ不安に思ってるかなんてどうでもよかったのだ。祖母にとって大事なのは息子だけ。それを思い知らされてから、由依は祖母と父親はとことん親子なんだと認識した。

身勝手で自分のことしか考えていない祖母は、今日まで何の連絡も寄越さなかった。

そして突然呼び出したくせに、お金大丈夫？　とか、元気にやってる？　とか、一言も口にしていない。これが事実であり、由依にとって全てである。

そんな人に、とやかく口を挟む権利はない。傍観者なら、傍観者らしく黙って大人しくしていろと、怒鳴りつけたかった。

胸の中で暴れる憤《いきどお》りの気持ちを抑えることができず由依がつい睨《にら》めば、祖母は更に不機嫌な顔になる。

「……由依ちゃん、その目つきは何？　あなたどうかしてるわよ。確かに私は耳が痛いことを言ってるかもしれないけれど、言われないようにするのが正しいことなの。あなたも高校生なんだから、それくらいわかるでしょ？　まったく」

締めくくりに溜息を吐き出され、由依の心の芯が冷えていく。

正論を語る祖母は、うんざりした表情でありながら、どこか嬉しそうだった。

――そうだよね。正しいことを言って相手を責めれば、自分は優位になった気持ちでいられるもんね。

冷えた心が再び狂気的な熱を帯びる。視界に入った湯呑のお茶を祖母めがけてぶちまけたいという欲求が暴れ出す。

「とにかく由依ちゃん、今日から行動を改めなさい。お返事は？」

「……っ」

威圧的な祖母の言葉がトリガーとなって、由依は乱暴に湯呑を掴《つか》む。勢いあまって、手にお茶が掛かって顔を顰《しか》めたその時――

「由依ちゃん、大丈夫⁉」

そんな言葉と共に、一分《いちぶ》の隙もないネイルが塗られた指先が視界に入った。

「……琴子さん」

彼女がこれまでずっと自分の隣に座っていたことを、由依は今更ながら思い出す。

「湯呑、一旦置こっか」

「……はい」

聞き慣れた声に、祖母めがけて湯呑を投げつけたかった衝動がゆっくりと消えていく。それと共に、みっともないところを見せてしまったという羞恥心《しゅうちしん》で顔が赤くなる。
取り繕《つくろ》うことも言い訳をすることもできず、ただただ俯《うつむ》く由依に、琴子は鞄から
ハンカチを取り出すと濡れた手を優しく拭いた。
「手、赤くなってるけど、ヒリヒリする？　冷やしたほうがいいね」
「ううん、痛くない。大丈夫です」
「そう？　……あ、確かにそんなに熱くなかったね。よかった」
琴子は零れた由依の湯呑と、自分のそれを取り替えた。次いで、零れた方のお茶を
一口飲んでほっとした笑みを浮かべた。
――琴子さんだって自分と同じように苦痛な時間を過ごしているはずなのに。
赤の他人が繰り広げる聞くに堪《た》えない話に不快になっていいのに、冷静に自分のこ
とを心配してくれた。
丁寧に拭《ぬぐ》われた手は、ほんのりと赤いけれど痛くはない。その代わりに、鼻の奥が
つんと痛む。
血の繋《つな》がりがある祖母から人格を否定されるようなことを言われ、血の繋《つな》がりのな
い継母《ままはは》から労《いたわ》りを受ける。
家族って一体何なんだろうと、由依はふと思う。そして、ファミレスで和樹が自分

に向けて放った言葉を思い出す。

『そんなん、家族だからに決まってるだろ』

言葉にしなくてもわかるだろ、と付け足した和樹は確信を持った口調だった。

あの時、ちゃんと和樹に尋ねればよかったと悔やむ。

「由依ちゃん、言った傍から何をやってるの！」

オレンジ色に染まったファミレスの店内を思い出していたら、ぴしゃりと叱責が飛んで来た。

視線をそこに向ければ、般若《はんにゃ》のような顔をした祖母がいた。

――馬鹿みたい。

重箱の隅を突つくようなことを言って、偉そうな態度を取って。そしてそんな相手にいちいち腹を立てる自分が。

割って入ってくれた琴子のお陰で、由依は自分でも驚くほどに気持ちが落ち着いていた。

「お返事をしなさい！」

自分の思い通りにならないことがよっぽど腹立たしいのか、祖母はまた金切り声を上げる。

そんな祖母を見て、きっとこの人は真の母親のように狭い世界から出れなくなっちゃった人なんだと、由依は唐突に気付いた。

真の母親は〝幸せ〟という新しい世界に飛び込むことを怖がって、自分が造り上げた不幸な世界に留まり続けている。

祖母は〝勉強もスポーツもできる自慢の息子を産んだ立派な母〟という世界が居心地よくて、ずっとそこにいたいと思っている。その結果、視野が狭くなってしまったのだ。

かつての自慢の息子が人に軽蔑されるようなことを繰り返す最低男――という真実を見ることができなくなって、思い通りにならない人を自分の世界を壊そうとする人と認識してしまう。そのため、すごく感情的になってしまうのだ。

――なぁーんだ。そんなことだったんだ。

冷静に分析を終えた由依は、笑い出したくなった。

あれほど苦手だった祖母が、スーパーでお菓子を買ってもらえず駄々をこねる子供みたいにしか見えなくて、口元が歪む。

それをどう受け止めたのかわからないが、祖母は座卓を叩いて叫んだ。

「由依ちゃん、いい加減にしなさい！　あなた自分が恥ずかしいことをしてるってどうしてわからないの⁉　本当に、こんな救いようのない不良になって――」

と、祖母が早口でまくし立てたその時、部屋の空気が変わった。

「ふふっ」

信じられないことに、琴子が笑ったのだ。

その笑い声は、このくだらないやり取りを冷笑するものではなく、世界中の刺をふんわりと包むホイップのような笑い声で――部屋中に散らばった悪意とか敵意とか負の感情をゆっくりと消していく。

「お義母《かあ》さま、由依ちゃんはとってもいい子ですよ」

障子の隙間から差す西日に照らされながら、琴子は温かい声音でそう言った。すかさず祖母は、しかめっ面《つら》になる。

「あら、あなた仕事で忙しいのに……そんなことどうしてわかるの？」

「そりゃあ、一緒に生活してますもの。そんなこと目を光らせていなくてもわかりますわ」

あなた何言ってるの？　大丈夫？　と言いたげに目を丸くした琴子に祖母は顔を真っ赤にした。

口を挟んではいけない何かを感じた由依は、まさかの展開にごくりと唾を呑む。

そんな中、琴子は「でも……」と前置きして、言葉を続けた。

「私は仕事柄かなり残業が多いので、正直なところ由依ちゃんの頑張りを全部見ることはできていないんです。私が落ち着いた仕事をしていたら、もっとお義母《かあ》さまに由依ちゃんのよいところをお伝えできるのに……申し訳ないですわ」

眉を下げる琴子は、由依の目には演技しているようには見えなかった。本当に心から自分を褒めてくれている。

そのことをじわじわと実感するにつれて、身体がさっきとは別の意味で熱くなる。

ああ、これは喜びだ。頑張った日々を琴子はちゃんと受け止めてくれている。日々の小さな〝ありがとう〟は、習慣ではなく一つ一つに気持ちが入っているものだったのだ。

最低最悪だと思っていたこの時間に、こんな救いがあるなんて、誰が予想できたであろうか。

けれど、孫がこんなにも心を震わせていることに、祖母は気付いていない。

「あなたねぇ、由依ちゃんと一年も過ごしていないのに、よくそんな偉そうなこと言えるわね」

「ええ。一年も一緒に過ごしていなくてもわかるくらい、由依ちゃんは家のことも頑張ってくれて、お勉強もちゃんとしています。三者面談に行った際に、先生からたくさん褒められたんですよ。……あら？　どうしてそんなご不満そうな顔をなさっているのですか？」

これはちょっと演技っぽいなと思わせる口調で、きょとんと首を傾げた琴子は、ふっと笑った。今度は冷めた笑いだった。

「十代らしい仕草をしただけの由依ちゃんを不良だなんて大袈裟に騒ぐお義母《かあ》さまが心配で、あなたが見ようとしない事実をお伝えしようと思っただけですよ」

「なっ」

まさかこんな反撃にあうとは思っていなかったのだろう。祖母はものの見事に顔色を失った。由依の肩がつい震えてしまう。可笑しくて堪《たま》らない。

由依は肩を小刻みに揺らしながら隣に座る琴子をちらりと見る。背筋を伸ばして正座する琴子は、これまで見たことがない大人の女性だった。

大人の余裕に感動した由依は「琴子さん、すごい！」と心の中でパチパチと拍手する。

対して祖母は、年下の……しかも息子の後妻が反論するとは思っていなかったようで、真っ白になった顔で唇をわなわなと震わせている。

ただ、ずっとは続かなかった。すぐに攻撃できる何かを見つけたのだろう。祖母は底意地の悪い笑みを浮かべて口を開いた。

「事実ね……そう事実ですか。でもねあなた、偉そうなことを言っても、友彦が出て行ったのってあなたに問題があったからでしょ？　そんな人に言われても信じられますか」

「おばあちゃん！」

耳を疑う発言に、由依は思わず声を荒らげる。なのに琴子は激高することなく、無言で由依の背中に手を置いた。

——大丈夫だよ、落ち着いて。

そう言われたような気がして、由依はぐっと唇を噛み締めた。琴子がそうしてほしいと願っていると思ったから。

「お義母《かあ》さま、恐れながら質問しても？」

「ええ、どうぞ」

つんとすました祖母に、琴子は笑みを絶やさず続ける。

「私は結婚期間が短いので教えていただきたいのですが、夫は妻に不満があれば黙って出て行っていいという権利があるのでしょうか？」

あまりに予想外の質問だったのだろう。祖母は間抜け面《づら》で二度聞きした。が、質問の意味がわかった途端、無作法にも座卓を思いっきり両手で叩きつけた。

「あなた、なんてことっ」

「お母様は、友彦さんに嫌なことがあれば出て行っていいと教えたのですか？」

噛みつくように叫んだ祖母に、琴子は同じ質問を繰り返す。答えてくれるまで何度でも問い掛けるだろうと思わせる口調で。

「そ……そんなこと教えていないわよ」

「そうですよね」

まるで小学校の先生みたいに、うんうんと大きく頷いた琴子は、ここでお茶を一口飲んだ。釣られて由依もお茶を飲む。玉露の甘さが、口の中でふんわりと広がる。

「友彦さんは成人した男性で大人です。その彼が出て行ったということは、友彦さん自身に問題があるということで、誰かが責任を負わなければならないことではありません。まして子供である由依ちゃんは、友彦さんの被害者です。由依ちゃんには何も非はありません」

「ん……え？　ええっ⁉」

「え？　……え？」

凛《りん》と背筋を伸ばして言い切った琴子に、素《す》っ頓狂《とんきょう》な声を上げたのは由依だった。

まさかここで自分がかばわれるなんて、思ってもみなかったのだ。でも今は嬉しいという気持ちより、琴子自身に非がなかったことを強く主張してほしいと、由依は切に願う。

それをどう言葉にしていいのかわからなくて、由依は無意識に琴子の手を掴《つか》んだ。すぐさま、ぎゅっと強く握り返される。

見上げた琴子は完璧な微笑みを浮かべていて、なんだか無敵のヒーローみたいで、由依は不覚にもキュンとしてしまった。

――そういえば、琴子さんとこんなにも触れ合ったのは初めてだな。

友達同士のハグにさえ抵抗を覚えるほど、由依は過度なスキンシップが好きじゃない。幼馴染《おさななじ》みの真とすら手を握ることはめったにない。

でも今、自分に触れてくれるこの手を、自《みずか》ら離したくないと強く思う。

「おばあちゃん、いい加減にして」

由依は静かに言った。

もう、帰ろう。終わりにしよう。こんな場所でつまらない時間を過ごすなんて馬鹿らしい。大掃除のほうが百倍大事だ。終業式に出したクリーニングだって、年内のうちに取りに行きたいし。

頭の中で中途半端に散らかった自分の部屋が鮮明に浮かんだら、気持ちはすでに最寄り駅の改札にいた。

――もうさ、言っちゃってもいいよね？

祖母が隠し事をしているということを、おそらく琴子は知らない。そのことを指摘できるのは自分しかいないのに、口にしなかったのはいい子を演じたかったからではない。事実を知った琴子が傷つくかもしれないから、言えなかっただけだ。

けれども琴子は由依が思っているより強い人だった。この事実を知っても、きっと琴子は泣かずに受け入れてくれるだろう。

「私、おばあちゃんとお父さんが隠れて連絡取ってるの知ってるよ」

今日、口に出そうと思って何度も飲み込んだ言葉がするりと唇から零れ落ちる。

無駄に響いた由依の言葉は、しんとした和室に響く。

ばつが悪そうにそっぽを向く祖母に、由依は容赦なく言葉を重ねる。

「おばあちゃんさぁ、今日の呼び出しは、私と琴子さんの様子を探れってお父さんに頼まれたからなんでしょ？　コソコソ連絡を取り合って気持ち悪い」

普段ならこんな言い方しようものなら、祖母は火山が爆発したかのように叱責するのに、ずっと無言のまま。

――そりゃあ、言い返せないよね。

本当に父が音信不通になったなら、祖母はもっとやつれていたはずだ。自分を呼び出したら、まず最初に父から連絡がなかったか問いただしたはず。

なのに、祖母はいつもと同じだった。それってつまり……そういうこと。

「おばあちゃん、お父さんが大事なのはわかったから、もう誰かのせいにしようとしないで。お父さんが私と琴子さんに最低なことをしたのは事実。なかったことにはできないよ。あと、琴子さんに失礼なこと言わないで。琴子さんだって被害者なんだよ。ほら、私にさんざん謝れって言ったんだから、おばあちゃんも琴子さんに謝ってよ」

「なんですって⁉」

世界中の人間から裏切られたような顔をする祖母に、由依は笑い出したくなる。

「それとね、私、別にグレる気なんてない。そんな馬鹿なことしない。私はお父さんのせいで間違った道を歩むほど馬鹿じゃないから心配しないで。あと、手助けする気がないなら口も出さないで」

ずっとずっと言いたかったことを言えて、由依はすっきりした。

今、自分はどんな顔をしているだろうか。琴子みたいな無敵の微笑みを浮かべていられたら嬉しいけれど、多分まだ無理だろう。でも、ちょっとでもそれに近い笑みを浮かべていたら満足だ。

そんなことを考えながら、由依はコートを掴《つか》んで立ち上がる。

「琴子さん、帰ろう」

「ええ、そうね」

頷いた琴子は、丁寧に祖母に一礼してからゆっくりと立ち上がった。

「今年は例年より冷え込むそうですので、お身体に気を付けてくださいね」

投げやりな態度で玄関まで見送りに来た祖母に、琴子は律儀にもそう言って静かに扉を閉めた。

その後は、二人とも無言で大通りまで歩く。信号で止まると由依は口を開いた。

「……ごめんなさい」

「え？　なにが？」

足を止めたと同時に鞄からスマホを取り出して何やら検索していた琴子は、きょとんとした顔を向けた。

「おばあちゃんがひどいこと言って……」

「ああ、そんなこと」

「そんなことって……」

「嫌なこと言われたの、お互い様じゃん」

「そうですけど」

信号が青に変わってまた歩き出す。父の実家は郊外の住宅地。夕方に近いこの時間は、横断歩道を渡る人はほとんどいない。

でも琴子は、マナーを守ってスマホを鞄に仕舞いヒールの音を鳴らして歩いている。やけに短い信号は横断歩道の途中で点滅に変わって、二人とも阿吽《あうん》の呼吸で小走りする。

「ありがとうございます」

「えっ？　なにが？」

無事に横断歩道を渡り終えてから、お礼の言葉を伝えたら今度は食い気味に尋ねられた。琴子は答えがわかっているけど「言わせたい。是非言って！」と思わせるキラキラした顔をしていた。

「だから……えっと……わ、私のことかばってくれて……おばあちゃんにいい子って言ってくれて」

「あったりまえのことを言っただけだよー」

言い終えたあと、琴子は照れ臭そうに笑った。照れたいのはこっちなのにと、由依はもじもじしてしまう。

「ゆーいちゃーん」

「なんですか？　琴子さん」

急に腰を折ってこっちを覗《のぞ》き込む琴子に、ちょっと後ずさりしてしまう。照れた顔を見られたくなくて。

そんな由依に気付いていないのか、琴子はくるりと切れ長の目をこちらに向けた。

「なんかすごかったねー」

「そ、そうですね……あはっ」

一仕事終えたような晴れ晴れとした琴子の笑顔を見たら、もう駄目だった。由依は豪快に噴き出してしまう。

なんか、すごかった。まさにそうだ。祖母のブルドーザーみたいな態度も、父親の姑息な手段も。

「超ーすごかったです。マジですごかった」

「だよねーほんと。あははっ」

大口を開けて豪快に笑う琴子は、全然大人っぽくない。でも、今の琴子もいいなと由依は思う。

たくさんの顔を持つことは、きっとできる大人には必要なんだと、今日は一つ大事なことを由依は学んだ。

「さっきの琴子さん、カッコよかったです」

「まあね。って、冗談、冗談。由依ちゃんもバシッとお義母《かあ》さんに啖呵《たんか》を切ったとこ、すごくカッコよかった！」

「あ、ありがとうございます」

「こちらこそ、ありがとねー」

ぐりぐりと肩を押し付けられて、由依も遠慮なく押し返す。

長く伸びた影が一つになる。影さえも二人みたいに楽しんでいるように見えて、由依はまた噴き出してしまった。

第四章　愛される伊達巻と栗きんとん

「あ……あけましておめでとうございます」

「ん、あけおめ。今年もよろしくね、由依ちゃん」

「よろしくお願いします」

一年の計は元旦にありというけれど、由依と琴子はあと十分で正午という時間に新年の挨拶《あいさつ》をリビングで交わしている。

あろうことか二人ともパジャマ姿で、あくびを噛み殺しながら。

でも仕方がない。年が明けて早々、二人は近所の神社に初詣に行ったから。

お参りとおみくじだけという予定だったのに、たこ焼きの香りに惹かれてしまったのがきっかけで、参拝客でごった返す屋台を片っ端から覗《のぞ》いてしまったせいで帰宅が遅くなってしまったのだ。

当然、身体が芯まで冷えた。二人とも身体を暖めるためにお風呂に入ったあと、琴子がマイブームだと激推しするルイボスティーを一緒に飲みながらだらだらテレビを観てしまった。

そんなこんなで布団に入ったのは午前四時過ぎ。ギリギリ午前中に起きられたのは、まぁ頑張ったと言えば頑張った。

とはいえ、世間一般ではそろそろお昼である。

「琴子さん、おせち食べます？」

「……ごめん、食べたいけどまだ胃が受けつけない」

申し訳なさそうに頭を下げる琴子に、由依は慌てて「私もなんです」と白状する。

「じゃ、寝起きのコーヒーは飲めそうですか？」

「うん。めちゃくちゃ身体が欲してる」

「私も同じくです。すぐに淹《い》れますね」

由依はソファに投げ捨ててあったカーディガンを羽織り、キッチンへ向かおうとする。

「ありがとー。じゃあヒーターつけとくね」

「ありがとうございます」

琴子の有り難い申し出に由依はペコッとおじぎをして早足でキッチンに入る。一歩足を踏み入れた途端、つま先が浮く。ビックリするほど寒かった。

年末の天気予報で正月三が日は各地で雪が降ると言っていた。

初詣に行った時は琴子が「酔いがさめる」と騒ぐくらい寒かった。けれど雪は降らなかった。でも、この寒さはいつ雪が降ってもおかしくない。

そんなことを考えながら由依はヤカンを火にかける。

沸騰するまでの間に、サーバーの上にドリッパーを載せて片側と底に折り目を付けたフィルターをセットする。次いで一番癖がないコンビニオリジナルのコーヒー豆を冷蔵庫から取り出し、メジャースプーンで二杯、フィルターの中に落とす。

しばらくしてシュワシュワとヤカンの口から湯気が立ってきた。

リビングからカーテンを引く音と共に「雪降ってないねー」と琴子の元気な声が聞こえてくる。

張りのある声は、目が覚めた証拠であり、由依は急いでコーヒーを二人分用意した。

目覚めのコーヒーを飲んだら二人とも頭がシャキッとした。すると今度はお腹が空腹だと主張し、橋坂家のお正月は午後一時から始まった。

「すごいねー豪華だねー。超美味《おい》しそう！」

「買ってきたのがほとんどですから」

「でも栗きんとんと伊達巻は手作りでしょ？　天才だよ由依ちゃん」

「そんな……大袈裟です。でも、お酒のつまみにはなりませんね。ごめんなさい」

「あははっ、気にしない気にしない。ってか、私甘いものも大好物。これで全然お酒飲むよー」

いつもはダイニングテーブルで食事をするけれど、今日はお正月なのでリビングのテーブルにおせちなどの正月料理を並べる。

見よう見まねで作った栗きんとんと伊達巻以外は、買ってきたものだ。けれど琴子が喜んでくれて、由依は自然と笑顔になる。

「琴子さん、ビールにします？　一応、お正月だから日本酒も冷蔵庫に冷やしてありますけど」

「マジで⁉　気が利くね。うん、じゃあ日本酒飲もうかな」

「はい。持ってきます」

「あ、待って待って」

立ち上がった途端に、引き留められて由依は首を傾げる。対して引き留めた側の琴子は、モジモジしながらポチ袋を差し出した。

「はい。いつもありがとう。好きなもの買ってね」

「えっ」

まさかお年玉なんてもらえると思っていなかった由依は、お礼をすっ飛ばしてぎょっとしてしまった。

「え？ どうしよう……ポチ袋、気に入らなかった？ でもこれって、高校生の間で流行《はや》ってるヤツでしょ？」

ポチ袋に描かれているアメーバみたいにびよんと伸びたウサギは、確かに高校生の間で流行《はや》っている。

控えめに言って由依も大好きだ。文房具は全部このキャラで揃えている。でも、そうじゃない。

「……私、なんにもしてないのに受け取れないです」

クリスマスの時だって、琴子はケーキを買ってきてくれたのに加えて限定のコフレをプレゼントしてくれた。なのに由依はプレゼントを何一つ用意してなかった。

それだけでも心苦しいのに、お年玉までもらってしまってはどうしていいのかわからなくなる。

ということを必死に説明したけれど、琴子はあははっと声を上げて笑うだけ。

「そんなの気にしないでいいよー。ってか、気にするなら今年なんかちょーだい。あ、冗談だよ、本気にしないでね。とーにーかーくー、これは学生の特権で学生のうちにやる通過儀礼みたいなもんだから受け取って。ちゃんと受け取らないと大人になれないよ」

なんというごり押しだ。思わず由依は苦笑してしまう。

そのふっと緩んだ空気を琴子は見逃さず、強引にポチ袋を由依の手の中にねじ込んだ。

「はぁーい、これは由依ちゃんのもの。もらったものは返せないからね！」

琴子は、ばっと両手を上げたかと思えば、すっすっすっとランニングマンみたいなダンスをしながら距離を取った。

普段はしょっちゅうテーブルや椅子に足をぶつけるくせに、今日に限っては流れるようなステップを披露してくれる。

意外過ぎる琴子の特技を目にして、本当にもう、この人は場の空気を変えるのが天才だと、由依はお腹を抱えて笑い出す。

「ゆーいちゃーん。お酒をくださーい」

「はーい」

流れるようなステップを踏みながら話題を変えてくれた琴子に甘えて、由依は元気に返事をしたあとに「大事にします」と丁寧に頭を下げてお年玉を受け取った。

「うん！　受け取ってくれて嬉しい」

照れ臭そうに笑う琴子は、急な運動のせいかほんのりと頬が赤かった。

毎年毎年、由依は思ってしまう。お正月番組は楽しいのかつまらないのかよくわからないけれど、義務感から何となく見てしまうと。

琴子も同じ気持ちなのか、時折画面に目を向けつつ、おせち料理をせっせと食べてくれている。

そんな中、突然チャイムが鳴った。新年早々ここを訪ねてくる人なんて、父か祖母に限られている。正直言って、どちらも嬉しくない。

これは無視するのもアリかと由依が琴子に目配せをしたのを覗《のぞ》き見されたかのように、チャイムは連続で鳴り続ける。

うんざりするしつこさで、これは祖母だなとピンとくる。きっと年末の仕返しにでも来たのだろう。

このままではテレビもゆっくり見れないと、由依は溜息を吐きながらリビングに備え付けられているモニターを見る。

そこには昭和のチンピラ衣装に身を包んだ青年が映っていた。しかも前回会った時より、イカレ具合が増している。

しばらく画面を凝視していた由依だが、一旦、モニターから視線を外して琴子を見た。

「……琴子さん」

「んーどうしたの？　勧誘だった？　断ろっか」

言うが早いか、琴子は日本酒が入ったグラスを片手に勇ましく立ち上がって玄関に向かおうとしていた。由依は慌てて止める。

「あ、違います。勧誘じゃないです。ただ……」

「ただ？」

「和樹さん、年明けても格好が一緒だったからびっくりして」

「なんですって⁉」

──ガタッ、ガタン！

悲鳴に近い声を上げた琴子は、テーブルに派手に脛《すね》を打ち付けつつモニターの前に移動する。

「あんの馬鹿‼　由依ちゃん、玄関は私が開けるね‼」

大声を上げると同時に、琴子は足音荒く玄関に向かった。

それからしばらく、近所迷惑になるほどの琴子の怒鳴り声が部屋中に響いた。

「あー……由依、あけおめー。宿題やってっか？」

和樹はリビングに入ると、気まずそうに由依に声を掛けた。

「あけましておめでとうございます。宿題は年末にほぼ終わってます」

普段ならタメ口で返す由依であるが、新年早々に実の姉から雷を落とされた和樹が不憫《ふびん》で、つい敬語を使ってしまう。そんな由依の気遣いに和樹は気付いたようで、すぐに嫌な顔をした。

「ガキのくせに気ぃつかうなよ……マジでやめろ、俺がもっとへこむ。こういう時は何事もなかったように振る舞え。で、宿題はほぼ終わってるってか。お前さぁ、ほんと真面目かよ。せっかく講師らしいところ見せてやろうと思ったのに」

昨年の秋と変わらずチンピラみたいな格好をしている和樹に、由依は講師云々の前にまずはその私服をなんとかしたら？　と言いたい。

だが手ひどく叱られた和樹に追い打ちをかけることに良心が痛んだ由依は、グッとその言葉を呑み込んで薄く笑いながら口を開く。

「そのうちわからないところが出てくると思うから、その時は教えて」

「お、任せとけ」

　末っ子は甘えん坊という勝手なイメージを持っていたけれど、和樹は頼られるのが嬉しいようで、ちょっとテンションが持ち直した。

　ただすぐに、もう少しへこんでいてもよかったのにと思うような発言をした。

「なぁ、お前はこの服どう思う？　姉貴がいる手前、カッコ悪いって言ってるだけで、本当はイケてるって思ってるだろ？」

　今日の和樹の服装は、チェーンが絡みついているゴテゴテ柄のシャツと真紫のジャケット。しかもドヤ顔で見せてくれたジャケットの裏地は昇り竜だった。

　――一体、こんな服どこで売ってるのだろう？

　そんなことを頭の隅で考えながら由依は首を横に振った。

「ううん。私、琴子さんが思ってるより何倍もダサいと思ってる」

「マジかよ」

　期待を打ち砕かれた和樹はよろよろとソファに着席する。

「あ……えっと、ビールでも飲む？　車だったらお茶にするけど」

「今日は飲むつもりで来たから電車」

「そう……じゃ、ビールと日本酒どっち？」

「あー正月だし、日本酒にしよっかな」

「はーい」

ついさっき琴子と同じ会話をしたなと思いつつ、由依はキッチンに戻ると日本酒用のグラスと小皿と割り箸を持ってリビングに戻る。

「買ってきたものばかりだけど、どーぞ」

和樹の前にグラスや割り箸を並べながら由依が口を開けば、これまでずっと無言で不機嫌オーラを出していた琴子が口を挟んだ。

「栗きんとんと伊達巻は由依ちゃんの手作りだから、食べんなよ」

「はぁ？　不味《まず》いのかよ」

「馬鹿。激ウマだから食うなって言ってるの！」

「なんだよそれ」

姉の理不尽発言に渋面を作りながら、そっと和樹は栗きんとんと伊達巻を小皿に取る。そしてぱくりと一口で食べて「うっま」と目を丸くした。

「ちょっと、食べるなって言ったでしょ⁉」

ガチギレした姉に怯えた和樹は、とっさに由依の背後に身を隠す。

強面《こわもて》を前面に出したファッションが今ので全部台無しになることに彼は気付いて

いるのかと、由依は冷めた目で和樹を見る。

対して和樹は、二人の視線をぬるりとかわして、ズボンのポケットからポチ袋を取り出した。

「悪ぃ、遅くなったけどコレ」

「え？」

まさかこのタイミングでお年玉を渡されるなんて思ってもみなかった由依は、すぐに受け取ることができなかった。

「なんだよ遠慮してんのかよ」

「あ……えっと……」

「どうした？」

姉に絶対に視線を向けたくないのか、和樹は身体を捻《ひね》って由依をガン見する。

「……二つあるから」

「ああ、親父とおふくろからのもあるから二つになるだろ」

「なるけど……でも……」

琴子の母は、この結婚に反対していたはずだ。父親が失踪してしまった今、反対が超反対になっていてもおかしくない。

なのに、わざわざ自分のためにお年玉を用意してくれるなんて……と、由依は和樹に言いたかった。

でも、琴子も和樹も「なんで受け取らないの？」と、不思議そうな顔をして自分を見つめているから言葉にすることができない。

「あの……さ」

「はい」

「聞きにくいことをズバッと聞くけど、さ」

「はい」

「ポチ袋の柄が気に入らなかったのか？」

「違います」

この人はなんで琴子と同じように斜め上の質問をしてくるんだろうと思いながら、由依は食い気味に否定した。

そうすれば和樹はあっけらかんと笑う。

「じゃ、いいじゃん。もらっとけ。ってか袋より中身が大事だからな。そこは大人になれ」

「袋、可愛いよ。私、梅柄って好きだし」

「あっそ。ならつまらない遠慮なんてしないでもらっとけ。渡す側になったら、もっともらっておけばよかったって思うもんなんだぞ」

「でも……っ」

理解しがたい講釈をたれた和樹にそうじゃなくてと言おうとしたけれど、にこにこ顔の琴子と目が合ってしまい、由依は思っていたのと違う言葉が出てきてしまった。

「……あ、ありがとうございます」

「よし。じゃあ、伊達巻もう一個食べるか。これマジで美味《うま》いし」

「待て馬鹿弟よ。誰が食べていいと言った？」

「ちっ、聞いてたのかよ」

素知らぬフリをして伊達巻に箸を伸ばした和樹は、琴子に叱られ悔しそうな顔をする。

――こんなことならもっとたくさん作ればよかったな。

由依は作った料理を残されるのがとても嫌だ。残された料理を見ると、自分を蔑《ないがし》ろにされたような気持ちになってしまうから。

だからつい少なめに作ってしまう癖がついている。その癖を悪いだなんて思ったことはなかったけれど、今日に限っては申し訳ない気持ちになってしまう。

しかし自己嫌悪に陥《おちい》ったのは一瞬で、何かを思い出したかのように由依は小さく「あっ」と声を上げて和樹を見た。

「……ねえ、オムそば食べる？」

「マジかよ。そんなんすぐにできるのか？　お前」

「当たり前じゃん。で、食べるの？　食べないの？」

由依の強気な物言いは、いらないと言われたくない気持ちの裏返しだ。それに気付いてくれたのかどうかはわからないが、和樹は食い気味に「食べるに決まってんじゃん」と言い放つ。

そのやり取りをグラス片手に見ていた琴子の眉間に皺《しわ》が寄った。

「由依ちゃん、いいよ。和樹にそんな上等なもの作らなくったって。カップラーメンあったでしょ？　それで十分。それより一緒にテレビ見よ」

「待てよ！　正月にカップラーメンって、それはないだろっ。ってか、由依からオムそば食べるかって聞いてきたんだし」

「うるっさいわね！　そこで遠慮するのが大人ってもんでしょ？」

「はぁー⁉　おせちを独り占めする奴にだけは言われたくない」

「へぇ、そんなこと言うんだ。へぇー」

急にリビングは険悪な空気になってしまった。その空気に耐えきれなくなった由依は慌てて口を開く。

「琴子さん、いいんです！　昨日の屋台で買ったけど食べきれなかった焼きそばを冷蔵庫に入れたままなんで、それでオムそばを作るだけですからっ」

要するに、余りものを和樹に食べさせようとしただけだ。さも一《いち》から作るようなニュアンスで言ってしまった手前、できれば知られたくなかったけれど。

言い終えて気まずさから俯《うつむ》く由依に、琴子はあははっと弾けるように笑った。

「ナイスだね、由依ちゃん！　和樹、残さず食べなよ」

「……ナイスって、古すぎねぇか？」

呆れ顔で首を傾げる和樹は、今回もまた微妙に気にするところがズレている。

でも場の空気が和やかになったことのほうが遥かに大事だったので、由依はそれを口に出すことはせずキッチンに足を向けた。

＊

「あけおめ、マコト！」

「お、あけおめ」

新年の挨拶《あいさつ》だって真は安定の素っ気なさだ。

でも由依は全然気にしない。むしろ普段通りの真でいてくれてほっとしている。

お正月定番のお琴の曲が流れる中、和服姿の女性や家族連れで賑わうここは、由依の自宅から一番近いショッピングモールだ。

「うーん、覚悟はしてたけど、やっぱ混んでるね」

「ま、正月だし」

「みんな行くところないのかなぁ。地元じゃなくって、もっと都会で買い物すればいいのに」

「いや、ここにいる俺らが言っても説得力ないし」

「まあねー」

軽い会話をしながら、由依と真は勝手知ったるショッピングモールをてくてくと歩く。

お酒と共におせちを食べていた琴子と和樹は、飲み慣れていない日本酒のせいかすぐに寝てしまった。

気持ちよさそうに寝息を立てて眠る二人に毛布を掛けて、洗い物を終えた由依は、ふとお年玉をくれた皆にお礼をしたいと思った。

こんな感情が自分の中にあるなんて、正直驚いた。

気付けば由依はスマホを手に持ち、真に買い物に付き合ってと連絡をしていた。

すぐに「行く」と返信をくれた真に感謝しつつ、由依は置き手紙を残して、こうして大混雑しているショッピングモールに足を運んだわけだ。しかし――

「ねえ、マコト。お年玉のお礼に何買えばいいんだろう」

「なんだろうな」

真にしては優しい返事だったけれど、アドバイスはもらえなかった。ほぼ同じ境遇の相手にそれを強請《ねだ》るのは図々しいとは思う。でも頼れるのは真しかいない。

「マコトだったらなにが嬉しい？」

「実用的なもの」

「たとえば？」

「靴下」

「……へぇ、靴下ね」

「すぐに穴が空くだろ。あればどんなもんでも困らない」

「まぁ……確かにそうだね」

微妙に参考になった。とりあえずアドバイス通り、靴下売り場に向かうことにする。

世間では紳士物は品数が少ないと言われるけれど、予想よりも種類があった。女性用は言わずもがな。

真のそっけない意見を参考にしつつ、由依は和樹と琴子の父には、無難な国産ブランドの靴下。琴子の母には、分厚い生地のルームソックスを選んでラッピングしてもらう。

それから売り場を移動して、琴子には海外の大人っぽい香りのハンドクリーム三本セットの箱入りを購入し、念のため保険をかけて梅をモチーフにした和菓子も買ってみた。

「思ったより早く買えてよかった。ありがとね、マコト」

「ん」

「最後に行きたいとこあるんだけど、付き合って」

「いいけど、どこ？」

「内緒！　行けばわかるから」

由依は訝《いぶか》しむ真を引っ張って、ペット用品売場に移動する。

入り口付近には犬猫用のグッズが入った福袋が陳列されているが、なんとハムスター用のものまで売り出されている。

「そこそこ袋が大きいけど、何が入ってるんだろうね。ひまわりの種とか？」

「かもな」

由依と真は適当な会話をしつつ、犬用のグッズ売り場で足を止めた。

さてここからは緊張感ナシの楽しいお買い物タイム……となるはずだったが、由依と真は揉めだすことになる。

「キナはやっぱピンクだよね」

「いや、茶色だろ？」

「えー毛並みと一緒じゃつまんない。ピンクだよ、ピンク」

「確かにそうだな。じゃあ、赤」

「……ねぇマコト、ピンク嫌い？」

「そうじゃないけど、キナには似合わない」

「そうかなぁ、似合うと思うけど」

「いや、絶対に赤だ、赤」

「違う。ピーンーク」

商品棚に掛けられた色とりどりの犬用リードを見ながら、由依と真は互いの意見を言い合う。

普段はどこまでも由依の意見を尊重してくれる真だけれど、愛犬となると話は違うらしく、可愛さよりシックなリードを推してくる。

無論、由依だってノリで決めているわけじゃない。キナコに一番似合う色を主張しているから、簡単には折れたりしない。

「マコト、サーモンピンクならいいんじゃない？　ほらほら、見て見て。これ、キナにピッタリじゃん」

スマホ画面にキナコの写真を表示して、由依は気に入ったリードを重ねて見せる。

しかし秒速で真は首を横に振る。

どうしよう、最後の推しを却下された今、商品棚にはリードがたくさんあるのに、どれも色褪せて見える。

「……ねぇ、ここは一つ提案なんだけどさ、マコト」

「妥協はしないが、一応聞く」

「首輪コーナーに移動しない？　さっき通った時、首輪とリードのセットが置いてあったんだ」

「おっけ。移動しよう」

「うん！」

即座に首輪コーナーに足を向ける真のあとを、由依は追う。

そして、ボルドー色を基調としたチロリアンテープの首輪とリードのセットを見つけ、即決で購入した。

「んじゃ、帰るか」

「うん。買い物付き合ってくれてありがとね」

「いや、母さんたち年末から旅行行ってっから、どうせ暇だったし」

真が一人寂しく留守番をしている中、由依は年末年始、琴子と楽しく過ごしていた。知らなかったとはいえ、罪悪感が募《つの》る。

「……あ……そう、だったんだ」

俯《うつむ》き笑顔が消えた由依を見て、真はぷっと噴き出した。

「あのなぁ、勘違いするな。テレビ見放題。菓子食べ放題に夜更ししまくり。最高の正月だぞ」

「そっか」

「ああ」

顔を上げれば、真は歯を見せて笑ってくれた。

「暇でも何でも助かった。今日は付き合ってくれてありがと」

「ん」

いつも通りの素っ気ない真の返事のあと、二人は並んでショッピングモールを出る。

駐車場は入り口と出口で車が大渋滞している。警備員の人が寒そうに運転手に指示を送っているのが大変そうだった。

「荷物多いからバスで帰るか？」

「ん、いいや。歩きたい」

「あっそ」

気のない返事をした真は、一番重たい和菓子の詰め合わせが入った紙袋を由依から奪って歩き出す。

「あ、マコト待って待って。持ってほしいのはそっちじゃない」

「は？」

眉を顰《ひそ》める真に、由依は自分が持っている紙袋からラッピングされた包みを取り出した。

「あげる。今日のお礼。あと、遅くなったけどクリスマスプレゼント。ねえ、開けてみて」

「今かよ」

「うん。見てほしいの」

「ここでか？」

「そう。ここで」

ショッピングモールの出入り口。行きかう人がたくさんいる中で、ちょっと迷惑行為かもしれないけれど、どうしてもすぐに見てほしかった。

じっと待つこと数秒、真は通行人の邪魔にならないよう少し離れたベンチに移動して、包みを開けてくれた。

キナコにそっくりなワンポイントの刺繍《ししゅう》が入ったマフラーを見た途端、真は「おっ」と弾んだ声を出す。

「へへっ、気に入ってくれた？」

「ああ。よく見つけたな」

「でしょー」

「ありがと」

「うん」

お会計の最中にペット用品売場の一角で見つけたそれを、真がトイレに行っている隙にこっそりと買った自分を褒めてほしいと由依は思っていた。

けれど、予想以上のリアクションがもらえて、もう十分に嬉しい。

「毎日使ってね。学校に行く時もね」

「無理。もったいないから、これは散歩用だ」

「そっか、なら散歩の時は絶対に使ってね」

「あ……ああ……使う」

「ん？　マコト、どうしたの？」

急にダウンの上着のポケットをゴソゴソし始めた真に由依は首を傾げる。でも、その理由はすぐにわかった。

「やる」

「え？」

真が突き出した手のひらの上には、フワフワの素材でできたキナコそっくりな柴犬のキーホルダーがあった。

「いいの？」

「ああ」

「本当にいいの？」

「ああ」

「マジでもらうよ」

「だからいいって言ってるだろ」

しつこいくらいに確認したら真にムッとされてしまった。

慌てて由依は短く礼を言って、両手で恭《うやうや》しくキーホルダーを受け取った。

「ありがとう。大事にする」

「ああ」

「私は学校の鞄に付ける」

「ああ」

「でも、絶対になくさないから」

「なくしたらまた買ってやる」

「もー、なくさないよー」

手のひらでキーホルダーをコロコロ転がしながら由依は唇を尖らせた。でも、すぐに顔がにやけてしまう。

「マコト、帰ろ」

「ああ」

今日に限っては何だかヘラヘラした顔を真に見られたくなくて、由依は勢いよく立ち上がる。遅れて真も立ち上がった。

「あ、お菓子は私が持つから、マコトはこっち持って」

「ん」

歩きながらキナコの首輪とリードが入った紙袋とお菓子が入った紙袋を交換して、由依と真は肩を並べて歩き出す。

ショッピングモールを出て線路沿いの道を歩けば、夕暮れ時にはまだ早いけれど、太陽はすっかり西に傾いていた。

北風が吹く中、頬に当たるお日様は暖かくて、昔みたいに手なんか繋《つな》いでみたくなる。

「ねえねえ、マコト」

「ん」

袖を引っ張られた真がこちらを向く。目を合わせてしまうとちょっと照れくさくなるから、由依は前を向いたまま素早く真の手をぎゅっと握る。

「今年もよろしくね」

「ああ、よろしく」

　許可なく手を繋《つな》いでも真が普段通り答えてくれたことが嬉しい。由依は真の手を握ったまま子供みたいにブンブン手を振る。

「このあと、キナの散歩行くけど……どうする」

「行くに決まってんじゃん」

「そ」

「これ、琴子さんの弟さんに渡したらすぐに行くから。マコトはキナの首輪替えといてね」

「ああ」

　真の顔を覗《のぞ》き込んで「今日は二十分後に待ち合わせしよ」と提案すれば、すぐに了解と短い返事が返ってくる。

　一年の計は元旦にあり。

　新年早々いいことばかり続いた由依は、近年まれに見るご機嫌モードだった。

　けれども、この楽しい時間は長くは続かなかった。三学期が始まってすぐに、由依を取り巻く世界は一変する。

第五章　ぼっちから始まる一人鍋

一学期の始めは、新しいクラスに馴染めるかどうか不安で皆、ピリピリしている。

二学期の始めは、長い休みが終わり友達と再会して教室全体がワイワイ騒がしい。

三学期の始めは、お正月の余韻のせいで明日から授業だけど、まったりしている。

――三学期初日。

二週間ぶりに学校に向かう由依は、明日は漢字と英単語の小テストがあるというのに、頭の中は鞄に着けたキーホルダーのことでいっぱいだった。

朝、出勤前の琴子に「可愛いね」と言われたことが嬉しくて、由依は電車の窓や、ショーウィンドウに映る鞄を持った自分につい目が行ってしまった。

由依の通う高校は、校則が厳しいことで有名だ。肩から下げる指定鞄に派手なキーホルダーを着ければ即没収となってしまう。

真からもらった柴犬のキーホルダーは、派手ではないけれど見逃してもらうには、少し大きい。

悩んだ末、校門を通る時だけキーホルダーを脇に挟んで隠すというベタな誤魔化しを試《こころ》みる。日頃の行いが功を奏したのか、何事もなく通過できた。

今日一番のミッションをこなした由依は、足取り軽く教室に向かう。

三学期初日の今日は、短いホームルームと始業式だけ。午前中には終わり、午後は休みとなる。

――莉愛はブーツ買ってもらえたのかな？　仁美は彼氏と素敵なクリスマスを過ごせたかな？

廊下を歩きながら友達二人の近況が気になり出すと、二学期の終わりにここで先生に叱られたことを思い出す。

つい苦笑すれば、ようやく気持ちが学校モードに切り替わった。

「おはよ」

いつも通り教室の扉を開けて、誰ともなく声を掛ける。

普段なら反射的に返事が来るのに、今日に限っては誰からも声を掛けられない。その代わりに、刺さるような視線を感じて、そちらに目を向ける。

別段仲よくしているわけではないが、体育や理科の実験で同じグループになれば、そこそこ楽しく過ごすことができるクラスメイトの一人、野島千尋《のじまちひろ》が物言いたげな視線を送っていた。

──私、何かしちゃったのかな？

記憶を辿《たど》ってみても思い当たることはない。でも気のせいとは思えない空気を感じる。

──私、あの子に何をしちゃったんだろう。

どれだけ考えても、気分を悪くさせるようなことはしていない。そうならないようにいつも気を付けていたはずだから。

でも、抗議の視線はどんどん強くなって、いっそ思い当たることがあればいいのにとすら思ってしまう。

もしくは、それが駄目なら気付かないフリをしてやり過ごしたい。そんな狡《ずる》い考えが一瞬だけ頭をよぎった。

けれど由依は明日からのことも考えて、結局、千尋の席に向かった。

「おはよ、千尋ちゃん」

「……はよ」

いつも通りを心掛けて声を掛けても露骨に顔を背《そむ》けられて、由依は心が折れそうになるが、ぐっとスカートの裾を握って続ける。

「あのね、私――」

「あ、香音《かのん》ー。おっはよ！」

聞きたくないと言わんばかりに、椅子を蹴倒す勢いで千尋は席から立ち上がると、今まさに教室に入って来たクラスメイトのもとに駆け出した。これはもう完全な拒絶だ。

小学校時代からクラスメイトとここまでこじれたことがなかった由依は、頭の中が真っ白になる。

しかも思い当たる節がないとなると、今まで味わったことがない恐怖に襲われた。

――誰か、助けて。

縋《すが》るように由依は教室をぐるりと見渡した。

そこで気付いた。敵意に近い視線を向けていたのは、千尋だけではないことを。

「由依、なに泣きそうな顔してんの？　当然の報いじゃん」

千尋の席から動けなくなった由依に声を掛けたのは、二学期の終わりまで特に仲よくしていた友人の一人だった。

「……莉愛ちゃん」

「はっ、馴れ馴れしく呼ばないでくれる?」

きつく自分を睨《にら》んだ莉愛は、二週間前と同じようにメイクも髪形もバッチリで可愛らしい。けれど、別人のようだった。

「ごめん。あの……私、何かした?」

突然の友人の態度の変化に動揺が隠せない。尋ねる声はみっともないほど震えていて、自分の声じゃないみたいだ。

そんな由依を、莉愛は汚いものを見るかのように眉間に皺《しわ》を寄せてこう言った。

「なにそれ。何もないのに、私、こんな態度取らないけど?」

露骨にムッとする莉愛は、言外に自分で考えろと訴えている。

でも考えれば考えるほど、身動きが取れないほど思考が複雑に絡み合ってしまい、莉愛が求める答えを見つけることはできなかった。

狼狽《うろた》える由依と、無言で責める莉愛。もう一人の友人である仁美は、いつの間にか莉愛の隣に立っていた。

普段は三人の和を大事にする仁美だけど、今、自分に向ける視線は莉愛と同じ種類のもの。その現実が更に由依を追い詰める。

「ごめん……わからないから、教えて」

「へぇ」

勇気を振り絞ってそう言えば、莉愛はせせら笑った。

「とぼける気なんだ。いいよ、じゃあ教えてあげる。っていうか、こういうこと言うのって、私、かなり嫌なんだけど……あ」

莉愛が早口で何かを伝えようとしたその時、ホームルームを告げるチャイムが鳴った。と、同時に担任が教室に入って来る。

すぐさま莉愛と仁美は目配せして席に戻ろうとする。しかしすれ違う瞬間、莉愛に耳元で囁《ささや》かれた。

「続きは、あとで。先に帰んないでよね」

「……うん」

低い声で凄《すご》まれ、由依は怯えながら頷いた。

生きた心地がしないまま、ホームルームと始業式が終わり、クラスメイトたちは次々に教室から去っていく。

廊下からは、「ランチして帰ろー」とか、「新しい文房具買いたいから付き合って」

とか楽しそうな声が聞こえてくる。

そんな中、由依は自分の席で帰り支度をしている体《てい》で、ノロノロと鞄の中身を整理するフリをしている。

とはいえ始業式しかない今日、鞄の中身はポーチと筆記用具とスマホだけだ。

それらの位置を適当に変えているが、自分でも何をやっているんだと呆れてしまう。

しかし、何かやっていないと心が落ち着かない。

鞄に顔を向けたまま、チラリと莉愛を見る。わざとなのか理由があってなのかわからないが、仁美と何やら顔を寄せ合って話し込んでいる。

内容はきっと自分のことだろう。そう思ったら、由依は胃がキリキリと痛んだ。

――帰りたいなぁ……

結局、鞄の底で元の位置に戻ったポーチとペンケースを指でなぞりながら、由依は溜息を吐く。

一足先に通勤を始めた琴子は、水曜日以外は毎日残業続きだ。

今日は月曜日。週末も仕事を持ち帰った琴子は曜日感覚がズレてしまっていて、玄関先で「今日、火曜だから明日は定時だー」と言ったあと、月曜だと気付き肩を落として玄関を出て行った。

そんなワーカホリック気味の琴子のために、由依は夕食は何か元気になるものを作ってあげたいと考えていた。

見た目は二十代後半にしか見えない琴子は、洋食よりも和食を好むことを最近知った。

だから今日は生姜焼きと豚汁にしようと思っていた。豚肉はビタミン豊富で疲労回復にうってつけの食材。しかも牛肉より安い。

スーパー山上は夕方からしか特売をしないけれど、昼前にがっつり買って、下ごしらえも丁寧にしようと密かに気合を入れていた。

なのに、友人の機嫌を損ねてしまった今、予定通りにはいかないことは明白だ。

――莉愛ちゃんと千尋ちゃんは、一体、何を怒っているんだろう。

そもそも二人が怒っているのは、同じことなのだろうか。それとも別々のことで怒っているのだろうか。

……もしかしたら知らないうちに、仁美にも自分は何かやってはいけないことをしてしまった可能性がある。だから彼女たちは自分を強く拒絶しているのかもしれない。

そこまで考えて、由依は唇を噛んだ。思い当たる節がないと言ってはみたものの、実はある。

父親が失踪して継母《ままはは》と二人暮らしをしている事実を隠していること。それか、ずっとずっとずぅーっと友達付き合いができない自分に我慢の限界が来てしまったとか。不満は水が入ったグラスと一緒。一滴の水がきっかけとなって、ある日突然、溢《あふ》れ出す。

――もしそれが理由なら、私が悪い。ちゃんと謝らないと。

不安は消えないけれど、やらなきゃいけない事がわかれば、少しだけ気持ちが落ち着いた。

由依は顔を上げて、教室を見渡す。残っているのは、莉愛と仁美と自分の三人だけ。意を決して由依は席を立つと、莉愛のもとに足を向けた。

「莉愛ちゃん、もう一度、話しよ」

「……別にいいけど」

仁美と話し込んでいた莉愛は、面倒くさそうに肩をすくめる。次いで、こう言った。

「話する前に、一つ聞きたいんだけど……由依、あんた元旦、誰とどこに行ってた？」

その質問を受けて、莉愛が不機嫌になった原因が、お正月に真と二人で出掛けたことだというのはわかった。

しかし、次に「なんで莉愛が怒るの？」と新しい疑問が湧く。

「由依、私の質問に答えられないの？」

「あ……ううん。お正月、マコトと一緒に買い物行ったけど……」

「けど、何よ」

歯切れ悪く答えれば、莉愛に強く睨《にら》まれてしまった。だがその鋭い視線は、ちゃんと答えてと激しく訴えてもいる。

「買い物に行っただけなのに……えっと……どうしてそんなに怒ってるのかなって……思って……その……」

消え入りそうな声でなんとか答えれば、莉愛は信じられないといった感じで大きく目を見開いた。

「そんなことって……ひどい」

「え？」

「由依さぁ、そんな子なんだね。私、幻滅した」

「ちょ、ちょっと待って」

どうして幼馴染《おさななじ》みと買い物をしただけで、そこまで言われないといけないのだろうか。困惑する由依だが、莉愛の怒りはおさまらない。

「あのさぁ、あえて聞くけど、友達が好きって言ってる人と一緒に出掛けて罪悪感とかないの？　それとも、私の好きな人と出掛けて優越感に浸《ひた》ってたとか？」

「は？」

意味不明な質問を投げられて間抜けな声を出しただけなのに、莉愛はそうは受け止めなかったようだ。

「〝は？〟ってなによ。その態度、ムカつく。開き直るのやめてくれない？　ほんと腹立つ」

おおよそ友達に向けて放つものではない言葉を紡いだ莉愛は、くしゃりと顔を歪ませた。

「……由依のこと、私、友達って思ってたのに……こんな裏切りってないよ」

ぐすっと鼻をすすり始めた莉愛は、本気で泣いている。

対して由依は、理解不能な状況を頭の中で整理するのに精一杯で、無言のまま立ち尽くすことしかできない。

「堀田さん……泣かないで」

メソメソ泣き出す莉愛の肩を、仁美がそっと抱く。その光景を見ながら由依はこめかみに痛みを覚え、完全に沈黙してしまった。

三人しか居ない教室に、莉愛のすすり泣く声と、時折「……大丈夫？」と仁美が気遣う声が響いている。

それを聞くともなく聞きながら由依は、つい今しがた自分に向けて放たれた言葉を咀嚼《そしゃく》する。何度も、何度も。

要は、莉愛は由依に裏切られたと怒っているのだ。好きな人を友達に奪われて憤慨していると言っている。

とにかくどれだけ自分が傷ついたかを、強く訴えて謝罪を求めているのだろう。

そこまで理解した由依は、未だ泣いている莉愛にこう言った。

「……私、莉愛ちゃんがマコトのこと好きだってこと知らなかった」

「言ったよ！　ちゃんと言ったもんっ、私！」

「え……いつ？」

「二学期の終わりに！　ここで！　忘れたの⁉　それひどくない⁉」

信じられないと捨て台詞《ゼリフ》を吐いて顔を覆った莉愛に、由依はちょっと待ってとその腕を掴《つか》む。

「私、聞いてないよ。莉愛ちゃんがマコトのことカッコいいって言ったのは覚えてるけど」

「それって、好きってことじゃん！」

「え？」

「好きでもない人のこと、カッコいいなんて言うわけないじゃん！　友達ならわかるでしょ？」

——わかるわけないじゃん。

咄嗟《とっさ》に口に出そうになった言葉を由依は慌てて呑み込んだが、胸に抱えていたもう一つの言葉は止められなかった。

「だったら、私とマコトが買い物してる時、声掛けてくれればよかったのに……っていうか、莉愛ちゃん、旅行行ってたんでしょ？　そのことどうして——」

「お父さんがインフルエンザになったから、旅行が中止になったの！　だから元旦に千尋と買い物に行ったの！　そうしたらあんたと真君が仲よく買い物してたのを見たのよ！　声なんか掛けられるわけないじゃんっ。二人の世界をがっつり作っちゃって、なにが幼馴染《おさななじ》みよ！　本当は付き合ってるんでしょ⁉　あんたたちっ」

机をバンバン叩きながら詳細を語る莉愛の大きな声を聞いて、由依は合点がいった。

そういえば、莉愛と千尋は今でこそただのクラスメイトだけれど、幼稚園が一緒だった過去を持つ。

だから予定がなくなった休みの日に、一緒に買い物に行くことだって不思議じゃない。

もしかしたら莉愛は最初に仁美を誘ったけれど、断られて仕方なく千尋と出掛けることを選んだのかもしれない。

——まぁ、どっちでもいいけれど。

友達が誰とどんな休日を過ごそうが関係ない。それより問題なのは、莉愛が言い放った後半だ。恋愛脳全開にして、ありもしない予測を立てるのはやめてほしい。

「マコトとはただの幼馴染《おさななじ》みで、付き合ってないよ」

うんざりした気持ちを何とか隠して、琴子のように微笑んでみせる。もうこの話は終わりにしようという気持ちから。

けれども、莉愛はすぐさま「嘘！」と叫び、半目になってしまった。

「あのさぁ、いい加減にしてくれない？　由依と真君が付き合ってる証拠、ちゃんと私持ってるんだから」

「……証拠？」

そもそも付き合っていないのに証拠なんかあるわけない。

呆れ混じりに首を傾げれば、莉愛は挑戦的に睨《にら》む。次いで、制服の上着からスマホを取り出すと、それを素早く両手で操作した。

「ちゃんと見て。これでもただの幼馴染《おさななじ》みって言えるわけ？」

鼻先がつきそうなほど画面を突き出され、由依は半歩下がる。

後退しながら視界に飛び込んできたのは、夕暮れの中、手を繋《つな》いで歩く二人の男女――自分とマコトの画像だった。

「こ、これ……どうして」

「撮ったのよ、私が。あとで言い逃れができないように。あ、まだあるよ。ほら、見てよ」

一旦、スマホを己《おのれ》の胸に引き寄せた莉愛は、再び両手で操作する。瞬《まばた》きを二つする間に、別の画像が眼前に突き付けられた。

今度は、河川敷の芝生でホットコーヒーを飲む自分とキナコを撫でる真が、視界いっぱいに広がる。

「仲いいねー。由依、デレデレじゃん」

冷やかしというより嘲《あざけ》りに近い声を出しながら、莉愛はスマホを揺らす。

そんな友人を見て、由依はシンプルに気持ち悪いと思った。

――これじゃあ、ストーカーと一緒じゃん。

声を掛けることもせず、ずっと後をつけて、盗撮までして。

しかもこの全ての行為を悪いとなんて思っていないところが恐ろしい。平然と画像を見せつけて、責め立て、追い込んで、ありもしない自白を強要しようとしている。悪徳刑事だってもっとマシな方法で取り調べをするだろう。

「ねえ、これでも付き合ってないって言える？　それとも幼馴染《おさななじ》みは、これくらいするのが当たり前とでも言う？」

何も言わない由依に焦《じ》れたのか、莉愛は険のある口調で問いただす。

「……私、マコトとは付き合ってない」

「まだそんなこと言うの？　じゃあ画像アップしてアンケートでも取ってみる？」

「やめてっ、そんなことやめてよ！」

どうしてそんな残酷なことを思いつくのだろうと思った瞬間、自分でもびっくりするほど大きな声が出た。

けれども心の中ではもっと大きな声で叫んでいる。

勝手な思い込みで大切な人を傷つけないで！　ネットの怖さを知ってるくせに、簡単に口にしたりしないで！　被害者ぶる前に、もっと色々考えてよ！　と。

由依にとって、真は聖域だ。絶対に侵されたくない大切な場所だ。そして真は、薄氷の上で生活しているようなもの。ちょっとでも何かがあれば、割れて沈んでしまう。

莉愛には莉愛の主張があるかもしれないが、由依は冤罪をこうむったことに憤《いきどお》りを感じていたし、大切な存在である真にまで危害を加えようとしたことが許せなかった。

「莉愛ちゃん、やっていいことと悪いことってあるでしょ⁉」

再び感情のままに怒鳴れば、莉愛も仁美も驚いて、そして驚きすぎて間抜けな顔になった。その隙に由依は莉愛の手からスマホを奪った。

「え？　……ちょ、ちょっと由依、スマホ返してよ。画像すぐ消すから……ね？」

これまで一度も怒りの感情を表に出さなかった由依の迫力は相当なものだったようで、莉愛は急に態度を改めて下手《したて》に出る。それがまた許せない。

「消せばいいってもんじゃないよ」

「あ、さっき言ったことに怒ってるの？　あれ冗談だから……画像は消すって言ってるじゃん。だから、スマホ返して。ね？」

計算されつくした媚びた笑みを浮かべて、莉愛は由依からスマホを取り戻そうとする。

しかし間一髪で莉愛の腕をかわした由依は窓際まで走る。机が膝や腰に当たってゴンッ、ガタッと不快な音がするが、痛みも音も無視して窓を開けると、スマホを持っている方の手を外に出した。

「ここ三階だから、勢いよく落としたら画像は消えるよね」

「はぁ!? ちょっと馬鹿なこと言わないでっ」

顔色を失った莉愛は、転がるように窓際まで駆け寄ってくる。

女子高生にとってスマホは命だ。文庫本サイズのそれには、己《おのれ》の全てが入っていると言っても過言ではないくらい大切なもの。

特に莉愛は、依存症とまではいかなくても、授業中以外はずっとスマホをいじっている。

そんな大事なものを壊されるなんて、莉愛にとっては堪《たま》らなく辛いことだろう。

――私だって、同じなのに。

大事なものを第三者に壊されるなんて絶対に嫌だ。そして他人に壊される恐怖を莉愛にも知ってほしい。

とはいえ、本気で莉愛のスマホを落とす気なんてない。ただ、わかってほしかっただけ。

「由依、ほんとやめて。私、ちょっと言い過ぎ――」

「はい。返すね」

駆け寄って来た莉愛に、由依はあっさりとスマホを返した。

「え……あ、うん」

まさかこんなに簡単に返却してもらえるとは思ってなかった莉愛は、スマホを受け取ったまま目を瞬《またた》かせた。

「莉愛ちゃん、あのね」

「な、なによ」

再びスマホを取られては堪《たま》らないと、莉愛はぎゅっとそれを握りしめて、挑むように由依を見つめる。

「莉愛ちゃんがマコトのこと好きだったことに気付けなくてごめん。でも私は本当にマコトとは付き合ってない。信じるかどうかは莉愛ちゃんが決めることだから、私はこれ以上何も言わない。でもね」

一度言葉を止めて、由依は息を吐く。

――ああ、これ言ったら友達じゃなくなっちゃうな。

莉愛のことは、苦手なところもあったけれど好きだった。羨《うらや》ましいと思えるくらい素敵なところがあって、一緒にいると楽しかった。

でも莉愛は、由依が笑って許せる一線を越えてしまった。

「莉愛ちゃんは友達なら全部言わなくてもわかってくれるものだって言ったけど、莉愛ちゃんは今日、私の話を一度だって信じてくれた？　友達なら、私の話を信じてくれるよね」

「……それは……だって……私、実際に見たし」

「それって結局、私の言ってること信じてないっていう証拠だよね」

「そんなつもりじゃなかったもん」

食い気味に否定した莉愛に、由依は苦く笑う。

「そっか。なら私は莉愛ちゃんの〝そんなつもりじゃなかった〟っていう言葉を信じることにする」

感情と真逆の表情を浮かべたら、頬が引《ひ》き攣《つ》った。

「……じゃ、私帰るね。バイバイ」

莉愛から顔を背《そむ》けて、由依は机の上に置きっぱなしにしていた鞄を掴《つか》んで肩にかける。

教室を出て行こうとしたら、仁美に呼び止められた。

由依は振り返らずにそのまま廊下に出る。駆け足で靴箱に向かいながら、明日からの学校生活が不安で不安で仕方がなかった。

でも莉愛に言ったことは、誓って後悔はしていない。

＊

由依が通っている高校は女子高で、読んで字のごとく女子率百パーセントの女の園である。

そこでは国が定めた法律の他に、いくつか不文律がある。

聞かれてもいないのに、でしゃばらないこと。

ダイエット宣言した友人に、その後の結果を聞かないこと。

二割しか共感できなくても、基本は同意スタイルを貫く。

友人の恋を全力で応援する。

最後に――人の彼氏を取らないこと。

莉愛が騒ぎ立てた結果、由依はこの不文律を破ったという冤罪をこうむった。

一応、違うと否定はしたけれど、それは莉愛と仁美にしかしていないし、二人はクラスメイトに誤解だったと伝えることはしなかった。

そのため由依は、始業式の翌日からクラスで浮いた存在になってしまった。

キーンコーンカーンコーンと、四時限目の終わりを告げるチャイムが教室に鳴り響く。

「――では、本日の授業はここまでです。皆さん、来週から総合テストですが、春休みでも追試はありますよ。きちんとこれまでの授業内容を復習してテストにのぞんでくださいね。あ、質問はいつでも受け付けますから、お気軽にどうぞ。でもテスト問題をダイレクトには教えませんからね」

女性のように語るのは、四十代半ばの世界史担当の男性教師――猪俣《いのまた》先生だ。

通称イノセンと呼ばれているこの教師は、中肉中背で表情も口調も柔らかいが、歴史愛が強い故《ゆえ》にえげつないテスト問題を出す。

この一年で追試を受けた生徒数は、クラスの三分の一にも及ぶ。

幸い由依は暗記が苦手ではなかったので追試を受けたことは一度もないが、テスト結果を待つ間はいつもドキドキしている。

「起立」

チャイムが鳴ってもイノセンはしばらく喋《しゃべ》り続けていたが、やっと気が済んだようで、日直が少し不満そうな声で号令を出す。

ガタガタと椅子を引く音が響く中、イノセンは足早に教室を出て行くので、「礼、着席」の号令は省略され昼休みが始まった。

弾んだ声が飛び交い、クラスメイトが机をくっつけあってお弁当を広げる中、由依は気配を消して財布片手に教室を出る。

由依が通う高校には、購買と食堂がある。

とはいっても、食堂は全校生徒が着席できるほどの広さはなく、利用権は三年生にある。

そのため一年生と二年生は教室でお昼を食べることを余儀なくされ、一部の生徒だけ校庭の端にあるベンチで昼食を取っている。

――まさかこの寒空の下、一人でお昼を食べる羽目になるとは……

由依は購買に続く廊下を歩きながら、窓に目をやる。

本日は曇り。一月下旬のお日様が出ていない屋外は、ホットコーヒーが瞬《まばた》きする間にアイスコーヒーになってしまう寒さだ。

――それでも教室で一人、お昼を食べるよりは全然マシだ。

これは強がりじゃなく、心からの本音である。

始業式の翌日から通常授業が始まった。授業は六時間目まであるので、当然お昼休みもある。

莉愛と仁美はあからさまによそよそしい態度を取って、三時間目の授業中に『悪いけど、お昼は二人で食べるね』と手紙を寄越してきた。

予想はしていたけれど、ショックを受けなかったといえば嘘になる。

しかし、ぼっちのお昼休みを避けたいからと、莉愛と仁美に媚びる真似はしたくなかった。

……という経緯があって、由依はかれこれ一週間以上も一人で校庭のベンチでお昼を食べている。

冷えたピザトーストとチョココロネを購買で買った由依は、靴箱近くの自動販売機でコーンスープとホットカフェラテを購入して、校庭のベンチに移動する。

この季節に、この天気。わざわざ外で昼食を食べたいと思う酔狂な生徒がいなかったおかげで、目立たない位置にあるベンチに座ることができた。

「……いただきます」

習慣とは恐ろしいものだ。誰の目もないのに、食事を始める時はつい口に出してしまう。

──琴子さん、今日も遅いのかな。

カフェラテをカイロ代わりにお腹に置いたあと、冷たいパンを頬張りながら、最近会話らしい会話ができていない同居人に思いを馳せる。

ファイナンシャルプランナーの資格を持つ琴子はいつも忙しそうだが、ここ最近は終電すら乗れずにタクシーで帰宅するほどだ。

二日前の水曜日はノー残業デーなのに、琴子は残業だった。そのため夕食は一人で食べたのだが、最近は琴子の分を取り分けておくのが由依の日課になってしまった。

一応、作ったご飯は毎日食べてくれているようだが、以前みたいに向かい合って食事を取ることはほとんどない。それが無性に寂しい。

加えて、万が一のことも考えて真とも意識して距離を置いている。そのせいで、由依の生活は急に色褪せてしまった。キナコが自分のことを忘れてしまっていないかひどく不安になってしまう。

「あーあ……鍋とか食べたいのになぁ」

呟いた言葉は、北風にさらわれてどこかに消えていった。

でも、鍋を食べたいという欲求は消えずに、由依の心の中に留まっている。

「よし、一人用の土鍋を二個買おう」

以前からワンコインで買える小さな土鍋は気になっていたけれど、場所を取るからと躊躇《ちゅうちょ》していた。

だが、これはいい機会なのかもしれないと、由依は思い直す。

土鍋は保温性に優れているから、琴子の帰宅時間が遅くなっても、レンチンせずに温かいまま食べてもらえる。

しかも今日は金曜日。テレビに夢中になって寝る時間が遅くなったと言い訳して琴子の帰宅を待っていても、負担には思われないだろう。

由依は今の状況を琴子に愚痴りたいわけじゃない。ただ何気ない会話をしたいだけ。くだらないことを言い合って笑うことができれば、来週からも頑張れそうな気がするのだ。

「……何鍋にしよっかな。あ、すき焼き鍋とかあるんだ。カレー鍋もいいかも」

独り言を呟きながら、ピザトーストをいっきに口に押し込み、コーンスープで飲み下す。続いてチョココロネにかぶりつきながら、由依はスマホを使って鍋のレシピを検索する。

料理レシピのサイトは鍋の種類が豊富で、憂鬱《ゆううつ》なお昼休みはあっという間に過ぎていった。

「あれぇ？　由依ちゃん、まだ起きてたの？」

深夜一時を過ぎて帰宅した琴子の第一声は「ただいま」ではなく、これだった。

「おかえりなさい、琴子さん。……テレビ見ながらテスト勉強してたら、こんな時間になっちゃいました」

用意していた言い訳を由依が伝えると、琴子は目を丸くする。

「え⁉　三学期って短いのにテストあるんだ……って、遅くなったけど、ただいま」

「はい、おかえりなさい。三学期は中間と期末をまとめて総合テストが一回あるだけなんです」

「そうなんだ。じゃあ、由依ちゃんもお疲れだね。……ああ、部屋あったかい。最高」

肩の力を抜いて笑みを浮かべた琴子は、手袋とマフラーを取ってコートを脱ぐ。続いてジャケットを脱いだら、下に着ていたカーディガンもべろりとくっついて一緒に脱げてしまった。

まるで玉ねぎの皮をむくようにリラックスモードに入る琴子に、由依は「ご飯、食べますか？」と恐る恐る問い掛ける。

すぐに琴子はパッと笑顔になった。

「食べる！　お腹空いたー。ところで今日のディナーは何かな？」

「鍋です」

「な、鍋⁉　嘘っ、やだっ、ものっすごく嬉しいんだけど！」

「えっと……すぐに用意しますね」

「うん、ありがと！　じゃあ、私、着替えてくるねー」

「はい」

脱いだコートなどを抱えて自室に消えていく琴子を見送って、由依は足早にキッチンへと向かった。

ダイニングテーブルに、くつくつ煮えた土鍋と、マグロの竜田揚げとちくわのチーズ焼き、それと琴子の大好物の奈良漬けも忘れずに置く。

加えてネギと柚子胡椒などの薬味も土鍋の横に添えれば、食卓は一気に華やいだ。

「あー、すごいー。美味《おい》しそうだね！」

最後にビールを出そうと由依が冷蔵庫を覗《のぞ》き込んでいたら、部屋着に着替えた琴子の弾んだ声がキッチンに響いた。

一旦冷蔵庫の扉を閉めて、由依はビールか日本酒かを琴子に尋ねる。食い気味で「ビール！」と返事が来た。

「……おお、すごい」

土鍋の蓋を開けた琴子は、そのまま鍋の中身を凝視する。

「寄せ鍋にしたんですが、薬味ってこれでよかったですか？」

「うん！　完璧。ってか、由依ちゃんは何でも作れるんだねー。ほんと感激」

「いえ……鍋は、切って入れるだけですから」

「またまたぁー。この〝つみれ〟は、手作りでしょ？」

的確に当てた琴子は、器用につみれを箸で摘《つま》んで、ふぅふぅと息を吹きかけて口の中に入れる。

「熱っ、でも、うまっ！」

「あ……ありがとうございます」

はふはふしながらつみれを頬張る琴子は蕩《とろ》けるような笑みを浮かべているので、お世辞を言ってるわけではなさそうだ。

実は、鍋を作るにあたってつみれが一番大変だった。

つみれは市販で色々な種類が売っているけれど、鍋の具材のほとんどは切って入れるだけ。

それだと何だか味気なくって、一つくらいは調理したものを鍋に入れたかった。ただハンバーグの要領で作ればいいと安易に考えていたけれど、そうはいかなかった。

煮るのと焼く。最後の工程が違うせいで理想の柔らかさにならず、ここだけの話、由依の夕飯はつみれの試食で終わった。

でもその甲斐あって、琴子の鍋にはすりおろした山芋を入れた自信作のつみれを入れることができたので満足だ。無論、ここまで頑張った過程は黙っておく。

「琴子さん、鍋の締めにうどんも用意したので、食べられそうなら言ってくださいね」

「うん！」

焼き豆腐をつまみにビールを飲んでいた琴子は、ほっぺたに豆腐の欠片《かけら》をつけたまま大きく頷いた。

締めのうどんまで奇麗に食べてくれた琴子は、目がトロンとしている。ビール一本しか飲んでいないから、これは酔いが回ったのではなく、満腹で眠いのだろう。

「琴子さん、追い炊きしておいたけど、お風呂は明日にします？」

「……んー」

「それともシャワーだけ浴びます？」

「んー……どうしよう」

「寝てください。お風呂なんて一日入らなくっても死にませんから」

「んー」

返事はしてくれるものの、ぐずぐずとダイニングテーブルの椅子から動かない琴子は部屋に戻るのも辛いのだろう。

しかし琴子を抱えて部屋に運んであげられるほどの腕力は由依にはないし、勝手にプライベートな空間に入るのはかなり抵抗がある。

ここは何としてでも、自力でベッドまで行ってもらうしかない。

「琴子さーん、寝ないでくださーい」

「んぁー……うん」

「琴子さん、十歩だけ歩けばベッドですから」

「嘘だぁ。十五歩はいるよぅ」

「大股でいけば、十歩ですよ」

「んー……そうかも……そうなのかな」

無意味な会話だなと思うが、口を閉ざした瞬間に琴子が寝落ちするのは目に見えている。季節が季節なだけに、ここで寝ようものなら問答無用で風邪をひいてしまう。せっかくつみれにも鍋つゆにも身体を温めるショウガを隠し味で入れたのに、これでは本末転倒だ。

だから由依は椅子から立ち上がって、琴子の肩に手を置いた。軽く揺さぶって、目を覚ましてもらおうと思ったから。

しかし手を置いた瞬間、琴子にぎゅっと手を握られてしまった。

「ねえ、由依ちゃん。最近なんかあった？」

「え？」

あれほど眠そうにしていた琴子は、嘘のようにしゃきっとした顔で由依を見た。

驚いて由依は、琴子と距離を取る。でも手は握られたまま。

「今日ね、ずっと元気ないように見えるんだ。……私の勘違いかもしれないけど」

「あ……っ」

取り繕《つくろ》った自分を見透《みす》かされて、ついここ最近の出来事を伝えてしまいそうになる。

でも、ぐっと唇を噛んで由依は堪《こら》えた。

だって、伝えたところでどうなる？　琴子だって毎日残業続きで大変なのに、余計な負担をかけたくない。

どうせ来週のテストが終われば、すぐに春休みになる。

そして休みが明ければクラス替え。莉愛と仁美はエスカレーターで進学すると言っていたし、由依は外部受験を希望しているからクラスは絶対に別々になる。

そう。あとちょっとだけ我慢すれば、この辛い状況から抜け出せる。先が見えている苦しみは、軽いアクシデントと割り切れる。

だから琴子には、安心できて且《か》つ納得できることを伝えればいいのだ。

「えっと……実は世界史のテストに自信ないんです。先生から今日、テスト範囲は二年生の総復習って言われちゃって。見直してみたら、かなり忘れてるところがあって、途方に暮れてました」

由依は嘘じゃないけれど、本当のことでもない理由を言って笑った。どうか信じてください、と祈りながら。

「そう……そうなんだ……」

琴子にじっと見つめられて、由依は背中がムズムズする。

握られた手はしっとりとしていて、お正月にプレゼントしたハンドクリームを使ってくれてるのかなと余計なことが頭をかすめる。

「うん……そっか」

由依が他所《よそ》に意識を向けると同時に、琴子はぽつりと言った。

その口調は納得してもらえたようにも、落胆したようにも受け取れる微妙なものだった。

「英語とか数学だったら和樹に勉強みてもらえたんだけど……残念だな。私、物理ならなぜか得意だったから、力になれたかもしれないのに」

肩を落とす琴子に、由依はつい噴き出してしまった。

「琴子さん、物理が得意だったんですか？　意外です」

「そう？　ま、私も未だに得意になった理由がわかんないけど、あはっ」

やっと笑ってもらえて、由依は心からほっとする。

なぜだろう。他人に振り回されるなんてすごく嫌なのに、琴子に限っては気持ちが勝手に動いてしまう。いつも笑顔でいてほしいと強く願ってしまう。

「テストまでまだ三日あるから……その……えっと、大丈夫です」

「そう？　あ、お風呂で覚えると暗記力がアップするって聞いたことあるから、どうしてもヤバいと思ったら試してごらん。……都市伝説だけどね」

最後に肩をすくめて会話を終わらせた琴子は、握っていた手を離した。ただその手は、そのまま下ろされることなく由依の頭の上に乗った。

「由依ちゃんは頑張り屋さんだね。でも人生長いんだから、ちょっとは手を抜いてもいいんだよ。あのね、色々心配事があるかもしれないけど、自分が思っているより世の中ってのは、大体のことが上手くいくようになってるんだよ」

「……っ」

「って、あはっ。こんなフワフワなことしか言えなくて、ごめん。えっとね、私、由依ちゃんがいつも美味《おい》しいご飯を作ってくれるから頑張れるんだ。あと、なんかずっといいことばかり続いてる。だから由依ちゃんに、私の元気と幸せをお裾分け。どうぞ」

そう言って、由依の頭を撫でる琴子の手つきは、初めてキナコに触れた時を思い出すほど、とてもぎこちない。でも、泣きたくなるほど嬉しかった。

困っていることに気付いてくれたことも、手料理で琴子が元気になっていることも、元気をわけてくれようとしてくれていることも。

「わ、私も……琴子さんがご飯いっぱい食べてくれるから、料理が……その……もっと作るの好きになりました」

「そっか」

「うん」

由依が小さな子供みたいに、こくっと頷いたら琴子が小さく笑った。

寒い部屋に灯《とも》るアロマキャンドルみたいな優しい微笑みに、由依の身体の力が抜けていく。

――大丈夫。全然平気……私はもっともっと頑張れる。

「私、もう寝ます。テスト勉強も洗い物も明日にしちゃいますから、琴子さんも今日はもう寝ちゃいましょう」

座ったままの琴子を見下ろし、由依は吹っ切れた声で提案する。

「そうだね。全部後回しにして寝る日があってもいいもんね。よし、寝よう！」

「はい。寝ましょう」

妙にテンションが上がった由依は、琴子の両腕を掴《つか》んで引っ張った。

よろめくことなく立ち上がった琴子は、すぐに部屋に直行するかと思いきや、最後に残ったビールを飲み干して、奈良漬を一切れ手掴《づか》みで口に入れた。

「……歯は磨いて寝ましょっか」

「そうだね。それとアラサー女子は化粧だけは落とさないと悪夢を見るから……顔も洗おっと」

「悪夢？　それこそ都市伝説なんじゃないですか？」

「ううん。そんなことないよー。由依ちゃんも、私と同じ年になったらわかるから」

「ふぅーん、そうなんですか」

「そうよー。そうなのよー」

とりとめのない会話をしながら由依と琴子は、並んで洗面所に向かう。

ふと窓を見たら、しんしんと雪が降っていた。


週が明けて、総合テストが始まった。琴子に元気をわけてもらえたおかげで、由依は初日の世界史は難なくクリアできた。

次の日も粛々とテストを受けて、スーパー山上に寄ってまっすぐ帰宅した。

残念ながら水曜日は、琴子はノー残業デーにはならなかったけれど、それでも終電前に帰宅してくれてテストの中間報告をすることができた。

「よかったねー」と自分のことのように安堵してくれるだけでも由依は恐縮してしまうのに、琴子は百貨店でしか売っていない高級クッキーを夜食にとプレゼントしてくれた。

一方、琴子は今週が残業のピークのようで顔色はすこぶる悪かった。週明けから、大好きなビールすら控えている。

疲れすぎて翌日になってもお酒が抜けないの、とぼやく琴子に手伝えることなんてないのはわかっているが、由依はつい気遣う言葉を掛けてしまった。

返ってきた言葉は「今のままで十分だよ」だけ。期待されていないことが悲しかったけれど、実際できることなんてたかが知れていると達観する自分もいて、会話はそこで終わった。

教室では相変わらず、〝友達の好きな人にちょっかいを出した違反者〟という目で見られて、由依はぼっちの状態が続いているけれど、午前中で帰宅できる今はそれほど辛くはない。

あと莉愛が恋多き女の子だったおかげで、一部のクラスメイトから「あの子の悪い病気の犠牲になっちゃったね」と同情的な意見も出ていて、陰湿ないじめに発展する気配はなさそうだ。

このままなし崩しに春休みに入ってくれればいいなと、由依は翌日のテスト勉強をしながら願う。いや、心のどこかでは、クッキーをかじりながらそうなると楽観視していた。

けれど翌日の木曜日、事件が起こった。

＊

「由依！」

買い忘れた食材をスーパー山上で買った帰り道。聞き慣れた声が反対車線から聞こえて、由依は目を向ける。

視線の先には、信号無視をして大股でこちらに駆け寄ってくる真がいた。

普段なら満面の笑みを浮かべて手を振るところだが、意識して距離を置いていたせいで、どんな顔をすればいいかわからない。

そんな戸惑いを読み取った真は、見たこともないような怒り顔になった。

「無視すんなよ」

向かい合った途端、低い声で言われてビクッと身体が震える。咄嗟《とっさ》に逃げ出したいという衝動に駆られるが、足がすくんで動けなかった。

「……由依、お前なんかあったんだろ？」

問い詰める真の顔を、由依は怖くて見ることができない。そして、そんな自分に戸惑ってしまう。

――え？　怖い？　どうして私が、マコトを怖いって思うの？

大事な幼馴染《おさななじ》みに怯える自分が信じられなかった。

これまで一度も真を怖いと思ったことなんてなかった。彼は自分にとってかけがえのない存在で、唯一自分を傷つけない人のはず。

なのに、逃げたいと思ってしまった。

「……マコト……あのね……私――」

「ちょっと、いいか？　いいよな」

何か言わないとと無理矢理口を開いたけれど、遮《さえぎ》られてしまう。

「話がある」

目を見開く由依の手を掴《つか》むと、真は「行くぞ」と言い捨て歩き出した。

連れてこられたのは、いつもキナコが散歩をする河川敷だった。

でも今は、主役のキナコはいない。茶色に枯れた草むらは、川の流れを真似するかのように、されるがまま風にあおられている。

由依も真に腕を引かれるまま芝生に座る。……座らされたという表現のほうが正しいけれど、初めて見る真の荒々しい行動に、文句の一つも言えない。

「堀田って奴が告ってきた。お前のクラスメイトなんだろ」

並んで座ったと同時に直球で切り出され、ひゅっと由依の喉が鳴る。

まさか莉愛が真に告白するなんて、と驚いたわけじゃない。自分が可愛いことを知っている莉愛は、恋愛においてとても行動的だ。しかも顔が広い。大都会じゃないここなら持てる伝手《つて》を使って真の学校を探って、待ち伏せして、告白するなんて造作もないことだろう。

だから莉愛が告白をしたこと自体は、もしかしたらと想像できる範囲のこと。でもその先のことはわからない。そして、わからないことほど怖いものはない。

「……マコトは莉愛ちゃんと付き合うの？」

無表情のままでいる真に、由依は震える声で問い掛ける。

本当は知りたくなんかない。でも、知らない方がもっと怖い――なのに真は、すぐには答えてくれなかった。

「お前は、俺と堀田って奴が付き合っていいのかよ」

「よくないよ！」

考える間もなく、噛みつくように叫ぶ。

嫌に決まってる。真が自分以外の誰かの特別な人になるなんて嫌だ。でも……でも……

——私にそれを決める権利はない。

由依にとって、真はかけがえのない存在だ。そしてこの関係はどこまでも対等だ。親子でも、まして恋人でもない間柄を継続させていくには、相手の領域を侵さないという暗黙のルールを守らなくてはならない。

真はこれまで由依の触れてほしくない部分を察して見て見ぬフリをしてくれていた。触れてほしいと由依が願った時だけ、願う分だけ踏み込んでくれた。

それが自分と真がこれから先もずっと一緒にいられる術《すべ》だと由依は思っている。

——だから今度は、私が距離を保たないといけないんだ。

たとえキナコのリードを持つのが、自分じゃなく莉愛になっても。この河川敷で真の隣に座るのが、自分じゃなく莉愛になっても。真が反対車線から声を掛けるのが、自分じゃなく莉愛になっても。

——私が、どうこう言う権利はないのだ。

苦しい決断を下した由依は、真に視線を向ける。

「よくはないけど、マコトが莉愛ちゃんと付き合うっていうなら、私は何も言えないよ」

理解ある大人ぶって由依が虚言を紡げば、真の顔はくしゃりと歪んだ。

「お前がそんなこと言うとは思わなかった。俺のこと避けてたのもそういう気持ちだったからなのか？」

「ううん、それは違う。莉愛ちゃんがマコトに告白したの、今、知ったんだもん」

「じゃあ、なんで避けてた？」

「別に、避けてなんか……テストが近くって……今もテスト中だから……たまたま」

「たまたま、か……そんな言い訳、信じるかよ」

いつもはそっけない口調で必要最低限の返事しかしてくれないのに、今日に限って真は饒舌《じょうぜつ》だった。

これまで見たことがなかった真の一面を見て、由依はすごく嫌だと思った。

隠されていたことが嫌なのではなく、これを機に自分でも気付かなかった真への気持ちに気付かされそうな予感がして。

泣いている自分を見つけてくれるのは、いつも真だった。

落ち込んだ時に最初に気付いてくれたのも、父親ではなく真だった。

思い出の中にはいつも真がいた。悲しい思い出も、辛い思い出も、最終的に真が優しく楽しい思い出に変えてくれた。

わかっている。本当はずっと前から、真のことを異性だと意識していた。でも、由依は幼馴染《おさななじ》みのままでいたかった。

「……私、帰るね」

避け続けた理由なんて口が避けても言えない由依は、真から顔を背《そむ》けて立ち上がろうとする。

けれど素早い動きで、真が人差し指と中指を掴《つか》む。

「待てよ。話……終わってない」

「話すことなんて、ないもん」

「俺はある」

ぎゅっと、痛くはないけれど離さないという意思を感じさせる強さで、由依の二本の指を掴《つか》む真は、真剣な表情をしていた。

――やだ、聞きたくない。

話の続きを聞いてしまったら、きっと真は気付いてしまうはず。今、由依から溢《あふ》れ出たこの気持ちを。

人の心の動きを機敏に察することができる真に、自分の下手くそな誤魔化しなんて通用しない。

そしてあとちょっと強く問われたら、莉愛との一件だって洗いざらい喋《しゃべ》ってしまうだろう。

——そうなった時、私たちの関係はどうなっちゃうの？

絶対に変わらないという確証がなければ語りたくない。そして変わらないものなんてこの世にないことぐらいもう知っている。

だから由依は、真の手を振り払った。

「聞きたくない！　帰る！」

「由依！」

手を振り払っても、真はまた手を握る。さっきより強く荒々しく。

「聞けよ」

「やだ！」

子供みたいに由依は首をブンブン振って、全力で拒絶する。

そんな自分は、笑ってしまうくらいみっともない姿なんだろう。

「由依、落ち着けよ……頼む。聞けって」

「やだっ……やだやだっ、やだっ、帰る！」

次第に弱々しい声になる真とは正反対に、由依の口調は激しくなる。

「……そんなに嫌なのかよ」

拗ねるというより、悲しそうに真は言った。

そこで由依は、はっと我に返る。こんなにも真のことを強く拒絶したのは初めてだった。

「ごめん……ごめん、マコト」

「いや、いいよ」

すぐに許してくれる真に泣きたくなる。

どうしてこんなにも真は優しいのだろう。怒ってもいいのにどこまでも受け入れてくれる。

そんな彼に自分は何をしてしまったのか……そこまで考えて由依は、血の気が引いた。

——私、マコトのお母さんやおばあちゃんと一緒のことをしちゃった。

新しい世界に飛び込むことを怖がって、自分が造り上げた世界が居心地よくて、ずっとそこに居たいと思ってしまっていた。

「ほんと、ごめん。マコト……ごめん。ごめんなさい」

「いいよ。もう謝るな」

自覚した途端、恥ずかしくて顔を上げられなくなった由依に、真は小さく笑う。呆れ笑いに近いそれは、真が伝えたかった言葉を呑み込むためのものだと知っていても、由依はやっぱり〝ごめん〟と繰り返すことしかできなかった。

自分が臆病だったせいで、真との間に溝を作ってしまった。

自宅に戻ってきてから、それがどれくらい大変なことなのかをじわじわと実感してきて、由依は絶望する。

今よりもっともっと幼い頃は、些細《ささい》なことでよく真と喧嘩《けんか》をした。

ただその内容はゲームの勝ち負けだったり、公園のブランコの取り合いだったり、最後の一つのお菓子をかけたじゃんけん勝負でズルをしたとかしないとか、所謂《いわゆる》しょうもないことで、どれもこれも時間がたてば自然に仲直りできるものだった。

しかし今回の件は、次元が違う。それに、これは喧嘩《けんか》じゃない。一方的に相手を傷つけた暴力に近いそれ。加えて相手は、謝罪を受け入れてしまっている。でも、元通りには戻っていない。

なるべく波風立てぬよう生きてきた由依には、この問題をどう解決すればいいのか検討もつかなかった。

きっとこういう時、他の人なら友達に相談してアドバイスをもらったり、体験談を聞いて自分なりに解決策を見つけ出したりするものなのだ。

けれども、由依にはこんな重い内容を相談できる友達はいない。今から探そうにも、ぼっち状態が続いている今、自分の話に耳を傾けてくれる者はいないだろう。

それに、ぼっちの原因になった真の話をすれば、どんなふうに莉愛に伝わるかわからない。

彼女の口から真と付き合い始めたなんて言葉を聞くのは、死んでも嫌だった。

――こういうこと、琴子さんに相談したいなぁ。

そこそこ美人で、年上で、キャリアウーマンで、無敵の微笑みを持つ彼女なら、きっと的確なアドバイスをしてくれるだろう。

出会った頃に比べて、二人の距離はぐっと縮んだと思っている。確証はないけれど、嫌がられないという自信は少しは、ある。

しかし多忙継続中の琴子に、そんな相談をしていいものだろうか。いや、よくない。冷蔵庫のビールが全然減らない今、自分の悩みを聞いてもらうより、少しでも睡眠を取ってもらいたい。

……などと由依が一人で鬱々《うつうつ》としている間にテスト期間が終わり、春休みまであと一週間となった。

出勤十分前の琴子は、準備でバタバタと忙しそうだ。由依は邪魔にならぬよう、気を付けながら朝の身支度をする。

髪に櫛《くし》を通して、制服に着替えて、簡単にメイクをして。あと、授業はほとんどないけれど、一応忘れ物チェックをする。

それだけの工程をこなしても、毎日のルーティンなのでさほど時間は掛からない。

「琴子さん、何か手伝うことありますか?」

「ん? んー……大丈夫、ありがと」

スケジュール帳と睨《にら》めっこしていた琴子は、パタンとそれを閉じて由依に微笑みかけた。その瞬間、由依から表情が消えた。

革製のスケジュール帳に挟まれていたボールペンが、修学旅行のお土産《みやげ》でプレゼントしたものではなく、どこにでも売っている安物に変わっていたのだ。

由依が琴子に贈ったボールペンは、修学旅行先の小樽で買ったもの。

ガラスペンばかりが並ぶ店内の奥に飾ってあったそれは、高校生が買うにしては高額だった。

けれどピンクゴールドの軸に硝子《ガラス》の欠片《かけら》が埋め込まれている華奢《きゃしゃ》なデザインは、一目見て琴子に似合うなと思って即決した。

実際、それを使っているのを何度も目にして、我ながらあの時の自分のセンスはよかったなと満足している。

でも、そう思っていたのは由依だけだったのだ。琴子にとってはコンビニで売ってるボールペンと大差ないものだったのだ。

——大事に使うねって言ってくれたくせに……嘘つき。

口に出せない恨み言が心の中で零れた途端、出勤準備を終えた琴子から「どうかした？」と場違いなほど無邪気に声を掛けられた。

その、悪意も皮肉もない態度が逆に怖い。とはいえ、無言でいるのは怪しまれるし、ボールペンについて触れる勇気は持ち合わせていない。

だから由依は忙《せわ》しなく頭を働かせ、全く違う話題を口にする。

「えっと考え事を……今日の夕食は肉じゃがコロッケにしよっかなって思って……でも、作ったことなかったから、どんな手順で作るのかなって……あ、調べればわかるんですけど、スマホを鞄に入れちゃって取り出すのがめんどくさくって」

しどろもどろになる由依とは対照的に、琴子はみるみるうちに目を輝かせた。

「すごい、すごい！　肉じゃがとコロッケのコラボなんて最高っ、超楽しみ‼」

咄嗟《とっさ》に言ったけれど、実はお正月休みに一緒にテレビを観ていた時に、琴子が食べたいと言っていたのを由依は覚えていた。

その日常のひとこまを大事に覚えているのは自分だけなのだろう。ただ、満面の笑みをこちらに向けてくれる琴子を見て、そんなことどうでもいいかと由依は思ってしまう。

まだ自分の手料理が琴子の心を繋《つな》ぎ止める力があるのを知って、ほっとできたから。

「あ！　ヤバい。こんな時間っ」

肉じゃがコロッケがよほど楽しみなのだろうか。〝しらたき〟か〝糸こんにゃく〟かを一人で議論していた琴子だが、何気なくリビングの時計を目にした途端、ぎょっとした表情になった。

「はぁー、まったくもうっ。朝は時間がたつのが早いね。よーし、行ってくる！」

ぼやきながらも流れるような所作でコートを羽織って鞄を肩に下げた琴子は、バタバタと玄関に向かう。由依も追いかけるように後を追った。

「行ってくるね、由依ちゃん。今日は、殺人級に寒いみたいだからマフラー忘れずにね」

「はい。じゃあ、琴子さん行ってらっしゃい、気を付けて」

「うん！」

靴を履いた勢いのまま玄関扉を開ければ、二月の寒風が一気に入ってきて由依はぶるりと身を震わす。

けれど琴子は、寒さに顔を顰《しか》めることなく「今日は早く帰るね！　久しぶりに一緒にご飯食べよ」と笑顔で手を振る。

それからコツコツとヒールを鳴らして出勤していった。


午前中の授業を終えた由依は、いつも通り帰宅途中に買い出しをして、夕方前から肉じゃがを作り始めた。

普段の橋坂家では、肉じゃがを作る時はメイン料理らしく肉多めで作る。だが今日はコロッケにすることを考えて、ジャガイモの割合を増やして作ることにする。

黙々とジャガイモの皮をむいて芽を取る。どんな食材でも皮むき器を使わないのは由依のこだわりだ。

由依が自炊を始めたのは小学三年生から。小学二年生までは祖母が作ったおかずを食べていた。

その頃は本当にご飯を食べるのが嫌だった。祖母が作るおかずは父親が食べることを前提としたものばかりで、辛かったり香辛料が多すぎたりと子供が食べるのには向いていなかった。そして量もこれでもかというほど多かった。

なのに父親が毎日仕事先で食事を済ませてくるせいで、どう頑張っても小学生の由依は祖母が作ったおかずを一人で食べきれなかった。

でも父親はそんな事情を伝えてくれないので、週末に新しい惣菜を届けに来た祖母に叱られるのは、いつだって由依だった。

「好き嫌いばかりしてワガママね」

「食べ物を粗末にするなんて悪い子ね」

「私を困らせて何が面白いの？　将来が心配だわ」

ぶつくさ小言を言いながら残った惣菜を捨てる祖母に、由依はいつも「ごめんなさい」と頭を下げた。

でも、本当は言いたいことがたくさんあった。

――私は好き嫌いなんてしていない！　ただ、食べても食べても減らないだけ‼

いっそ残した分だけ減らしてくれたらいいのに、祖母は毎回毎回、山のように手作り惣菜を持ってくる。

一度だけ勇気を出して『そんなに食べられない』と伝えたら、祖母は真顔で『これは友君のために作ってるのよ』と言った。つまり自分は、おまけで食べさせてもらっていることになる。

なら文句だって父親に言えばいいのに、祖母の不満は必ず自分に向けられる。

当時の由依は、まだ十歳にも満たない年齢。絶対的に強い大人に反抗できる度胸を持ち合わせてなかったため、週末になると冷蔵庫に隙間なく押し込まれる惣菜が入ったタッパーが恐怖の塊でしかなかった。

とはいっても、その苦痛は長くは続かなかった。

父から期待する言葉をもらえなかったせいなのか、単純に飽きたからなのかはわからないけれど、祖母は手作り惣菜を届けることをピタリと止めた。

代わりに週に二回、家政婦が家にやってくるようになった。ショートカットの髪を栗色に染めた若い家政婦は気さくで面倒見がよく、家事全般を引き受けるついでに簡単な料理を教えてくれた。

ただ、家政婦は父親と親密になり過ぎた結果、失恋をして辞めてしまった。けれど由依は自《みずか》らキッチンに立つことができるようになった。

母が家を出て行ってしまったあの頃、夕方になると近所から当たり前に漂《ただよ》うご飯の香りを嗅ぐたびに、由依は自分が世界で一人ぼっちになったような気持ちになっていた。

でも、自分で料理ができるようになった途端、寂しさは薄まった。

鍋が湯気と共に奏でるコトコト煮立つ音や、フライパンからジュッと油を弾く元気な音が聞こえている間は、自分は孤独じゃないと思えたから。

――私の家だって、他のおうちと同じ匂いがしている。

見栄なのか、強がりなのかわからないけれど、たったそれだけのことで心の芯が太くなったような気がしたのだ。

開け放たれたカーテンから見える空は、日暮れにはまだ早い。春はまだ先だが、だいぶ陽が長くなったなと実感する。

それから何とはなしに、キッチンの棚に置いてある卓上カレンダーを見て、今日が琴子と出会ってちょうど一年だったことに気付く。

一年前、ピンクのハートで飾り付けられたカフェで出会ってから、色んなことがあった。

いつ終わってもおかしくないと覚悟しながら、それでもこの日々が続くように努力してきたつもりだ。

――でも、琴子さんは終わりにしたいのかもしれない。

朝、琴子の手帳に挟まれていた安っぽいボールペンを、由依は思い出す。

あれだけ喜んでくれた高価なボールペンより、どこにでもあるボールペンを選んだ琴子の気持ちは推して知るべしだ。

そう大人ぶってクールに現実を受け入れようとする反面、嫌だという気持ちがどんどん大きくなる。

一年もの間一緒に過ごせば、玄関やリビングはもとより、洗面所やキッチンにも琴子の存在を感じるものが視界に入る。

大人っぽいヒールや、外国語で書かれた洗顔料など最初は違和感を覚えたそれは、今はすっかりこの家に馴染んでいる。

それらが幻のように消えてなくなる日が来るなんて、由依は震えが走るほど嫌だった。

――修学旅行から帰った日は、ここまで嫌だと思わなかったのに。

父親が失踪したと告げられた時、琴子がいなくなることが怖かったけれど、それより申し訳ない気持ちが強かった。どうお詫びしたらいいのか途方に暮れていた。

あれからうまくやれていると思っていたけれど、好きな男性でもできたのだろうか。

自分と一緒に過ごす日々に限界が来てしまったのだろうか。その両方か、まったく別の理由なのか。

お別れする時は、ちゃんと琴子は「さよなら」と言ってくれるだろうか。それとも父と同じように急にいなくなるのだろうか。

由依が最悪なことを考えておくのは、ネガティブ思考だからじゃない。実際、最悪なことが起きた時に自分の心がポキリと折れないようにするためなのだ。

「……あ、痛っ」

自虐行為とも呼べるくらい悪い未来を想像していたら、うっかり包丁を滑らせてしまった。人差し指に鋭い痛みを感じ、ジワリと血が滲《にじ》んでくる。

「なにやってんだか」

こんな凡ミスは久しぶりだ。溜息を吐きながら由依は包丁を置いて、水道で手を洗ってから切った箇所を絆創膏《ばんそうこう》で巻く。

不意のアクシデントのせいでやる気が削がれた由依は、リビングで休憩を取ろうと足を向ける。

だがクツクツ煮えた肉じゃがの香りは、出勤前に「超楽しみ‼」と言ってくれた琴子の笑顔をどうしたって思い出させる。

料理が苦手な琴子は知らないかもしれないけれど、誰かが自分の手料理を楽しみにしてくれるというのは、義務感よりも嬉しい気持ちの方が勝るのだ。ましてその人が、自分にとって大切な人ならなおさらに。

「……もうちょっとだけ、頑張るか」

自分に言い聞かせるように呟くと、由依は再びキッチンに戻り包丁を握る。

絆創膏《ばんそうこう》で覆われた傷はずっとジンジンと痛んでいたけれど、初めて作った肉じゃがコロッケの出来栄えは、なかなかのものだった。

第六章　涙味のおしるこ

――翌朝。

暦《こよみ》を決めた人が誰だかわからないけれど、どうして二月を春にしたのかと問いただしたくなる。ベッドから出た途端、あっという間に体温を奪われてしまうこの季節こそ真冬にするべきだ。

などと考えながら、由依はつま先立ちをしながらリビングに向かう。キンキンに冷えたフローリングは、分厚いルームソックスを履いていても、尋常じゃない冷たさが伝わってくる。

小声で寒い寒いと愚痴りながらヒーターのスイッチを入れる。ジィーという点火音に苛立つこと数秒。ボッと熱風が吹き出て、やっと由依は両方の足の裏を床につけることができた。そして、しばらくその場で温まる。

手のひらを擦《さす》りながらテーブルを見れば、昨夜、帰りが遅い琴子のために並べておいたおかずは奇麗になくなっていた。

「……そっか。琴子さん、食べてくれたんだ」

ワーカホリック気味の琴子の体調を心配する気持ちはあるけれど、一緒に食卓を囲めなかったことに「嘘つき」と責めるつもりはない。食べてもらえたなら、それでいいと由依は思っている。

「さて、コーヒー淹《い》れよっかな」

由依は小さく笑いながらキッチンに移動する。ヒーターのおかげでリビングは常春《とこはる》になってくれたけれど、ここは相変わらず極寒の地だ。

再び寒い寒いと言いながら、手早くコーヒーメーカーに豆をセットする。琴子が起きていれば、一杯一杯丁寧にドリップするが、今日みたいにまだ寝ている朝は、コーヒーメーカーを使う。

コポコポとお湯が落ちる音と共に、豆の香りがキッチンに満ちていく。その香りを吸い込みながら、由依はシンクに立ってスポンジを手に取る。昨晩琴子が使った食器を洗うために。

食べ終えてすぐに軽く水で流してくれた食器は、スポンジで強くこすらなくてもキュッキュッと心地よい音を立ててくれる。

コーヒーが淹《い》れ終わる前に洗い終えた由依は、ついでにと昨日包丁で切ってしまっ

た指先の絆創膏《ばんそうこう》も貼り替える。古い絆創膏《ばんそうこう》を捨てようとダストボックスの蓋を開けた
その時——

「っ⁉　……え……どうして……っ」

ダストボックスの中には、ぐちゃぐちゃに潰れた肉じゃがコロッケがあった。しかも千切りキャベツと混ざったひどい状態だ。

カタカタカタと不快な音が耳朶を刺す。それがダストボックスの蓋を持ったまま自分の手が震えてるせいだと気付いたのは、少したってからだった。

それくらい頭が真っ白になっていた。怒りよりも悲しさで胸が苦しい。蔑《ないがし》ろにされた肉じゃがコロッケがまるで自分のように思えて、上手く息が吸えない。

そんな中、普段通りの笑顔で琴子が寝室から出てきた。

「あー、由依ちゃん、おはよ」

ふわぁと欠伸《あくび》をしながら寝室から出てきた琴子は、残酷なほどいつも通りで、青ざめているはずの自分と目が合っても、夕飯のことには何も触れなかった。

恩着せがましく作ってやったのに……なんて、由依はこれっぽっちも思っていない。

ただ、ぐしゃぐしゃになった肉じゃがコロッケがまるで自分のように見えて辛かった。そして、そのことに何の罪悪感も抱いていない琴子は、あっさり自分を捨てるの

だろうと思えて悲しかった。

これまでの日々は一体なんだったのだろうか。強い虚無感を覚えて、由依は琴子を直視できない。

でも終わりが来るまでは、この生活を続けていきたいという気持ちから一度は全部を呑み込んで「おはよう」と返そうとした。

……でも言えなかった。覚悟をしていたのに、自分が思っている以上に由依にとって琴子との生活はかけがえのないものになっていた。

琴子が何気なく語る未来の話は、とうに捨てたはずの期待になり、向けられる笑顔は家族とも友人とも言い難い二人だけの特別な関係を示しているように思えた。でもそうじゃなかった。そう思っていたのは自分だけだったのだ。

もしかしたら、このコロッケの一件だけだったら感情を抑えることができたかもしれない。しかし、莉愛とのいざこざや、真とのすれ違いも加わり、由依の心はもう限界だった。

「要らないなら要らないって、最初から言えばいいじゃないですか！」

「ん？　……え⁉」

目を丸くする琴子は、まるで自分は何一つ悪いことなんてしていないと主張しているようで、由依の荒ぶる気持ちは更にヒートアップする。

「どうせ私の作った料理なんて美味《おい》しくないんでしょ⁉　本当は嫌々食べてたんでしょ？　美味《おい》しいって言ってたの、全部嘘なんでしょ？　そんな嘘吐かれて、私が喜ぶと思ったんですか⁉」

私は、怒っている。すごく傷ついている。それに気付いてと言わんばかりに、由依はドスドスと足音を立てて、琴子に近付く。そうすれば琴子は、目を瞬《またた》かせて首を横に振った。

「違う、待って。……ねぇ由依ちゃん、落ち着いて。ね？」

オロオロする琴子に、由依は本当はひどい言葉なんて吐きたくない。

でも怖いのだ。琴子から、「そうだよ。ずっと鬱陶《うっとう》しいと思っていた」と肯定されたら、どれほど傷付くか想像すらできないから。

だから自分の意思とは無関係に、由依の口からは醜い言葉が堰《せき》を切ったかのように溢《あふ》れてしまう。

「何が違うんですかっ。見たまんまじゃないですか‼　どうせ私が作った料理なんて美味《おい》しくないですよっ。もういいですよ‼　琴子さんの気持ちはわかりましたっ。言い訳なんて聞きたくない‼　馬鹿みたい‼」

来年は冷やし中華にマヨネーズかけてごらんって言ってくれたくせに。志望校の大学に合格したら一緒に温泉旅行に行こうって言ってくれたのに！

色々心配事があるかもしれないけど、自分が思っているより世の中ってのは、大体のことが上手くいくようになってるって言ってくれたくせに！

気持ちが揺さぶられたあの言葉たちは、全部嘘だったのだ。

——あなたにだけは、こんな裏切りを受けたくなかった。

そんな気持ちから部屋中に自分の金切り声が響く。一言一言、ひどい言葉を放つたびに琴子が狼狽《ろうばい》していく姿に由依の胸がきしむ。

こんなふうになりたくなかったから、ずっと頑張ってきた。なのにそれを自分の手でぶち壊す不甲斐なさにやりきれない。

けれども、とめどなく醜い言葉が溢《あふ》れてくる。そんな自分が嫌で、でも止められなくて、心の中で誰か止めてと、由依が必死に祈った瞬間——

「由依ちゃん、私の話を聞いて‼」

これまでずっとオロオロしていた琴子が、由依を一喝した。その声はびっくりするほど大きかった。

夫に捨てられても、血の繋《つな》がりがない義理の娘と一緒に暮らしていても、琴子はいつだって穏やかだった。

由依の目に映る琴子は、どんな時でも優しくて頼りになって、ちょっとおっちょこちょいなところはあるけれど、ここぞという時はカッコいい笑顔を見せてくれる憧《あこが》れの人だった。

そんな琴子に初めて怒鳴られた由依は、もう終わりだと思った。莉愛に啖呵《たんか》を切った時とは比べものにならないくらいの絶望感が全身を襲い、ひぃと声にならない悲鳴が口から漏れて、びくっと身体が震える。

無意識の行動とはいえ、それがこの期《ご》に及んでわざとらしいと思われてしまうんじゃないかと不安に駆られる。

そんな由依を見て、琴子は慌てて「ごめん」と言う。次いで気持ちを落ち着かせるためなのか深呼吸をして、何かを語ろうとした。

由依も聞かなければならないと覚悟を決めて身体を硬くする。けれど、琴子は何も言わなかった。急に口元に手を当ててしゃがみ込んでしまったのだ。

「……琴子さん？」

ただならぬ様子に由依が恐る恐る声を掛けながら覗《のぞ》き込んだら、琴子は横からでもわかるほど真っ青な顔をしていた。キッチンは寒いはずなのに、額《ひたい》には汗がびっしょりと浮かんでいる。

指先が白くなるほど口元を両手で押さえているということは、おそらく吐き気を催《もよお》しているのだろう。

と、由依がそこまで理解した途端、琴子は顔を上げた。シンクと洗面所に視線を向けながら立ち上がろうとした。けれど、かくりと膝が折れて再び膝をつく。

「琴子さ……っ⁉」

少しでも楽になってもらえればと背中をさすろうとしたら、手を払われてしまった。その勢いは凄まじく、バランスを失った由依は尻もちをついてしまった。

——そこまで嫌われちゃったんだ……私。

払いのけられた衝撃より、嫌われた事実のほうが痛くて、もうどうしていいのかわからない。

そんな中、ヴッとおおよそ人が出せる声とは思えないほど低い呻《うめ》きが聞こえたかと思ったら、ゴボリと喉が鳴る音と同時に、琴子の膝にぽたぽたと赤い染みが落ちた。ブルーのフリース素材に、鮮明な赤は不穏な色でしかない。両手を口元で覆う琴子の指の隙間から溢《あふ》れ落ちたものなら、なおのこと。

……吐血した。

ものすごい時間をかけて状況を理解した由依は、身体中から血の気が引いて頭が真っ白になる。

そんな中、琴子はしゃがんだ姿勢のままゆっくりと横に傾き、意識を失った。

＊

強い消毒液の香りで鼻の奥が痛くなりそうな真っ白なベッドに、琴子は横たわっている。

そこを取り囲むように三人の大人——琴子の父と母と、弟の和樹がいる。

この狭い部屋には由依を含めて五人もいるのに、点滴のしずくの落ちる音が聞こえそうなくらい、しんとしている。

由依が子供みたいに癇癪《かんしゃく》を起こしてしまった結果、琴子は吐血し、この総合病院に救急搬送されてしまった。

一一九番通報をしたのも、琴子の家族に連絡を入れたのも由依なのだが、その記憶はぽっかりと抜けている。

気付けばこの病室で琴子が目覚めるのを待っている、といった感じだ。

といっても、断片的には覚えている。琴子の病名は「ストレス性の胃潰瘍」で治療に一週間ほど入院が必要だということ。

胃に穴が開くほど琴子にストレスを与えていたのは、他ならぬ自分だ。そんな自分がこの病室にいる資格はない。でも琴子の家族が居心地悪そうにしていても、琴子が目覚めるのを見届けるまでは、この場から離れたくないと由依は思っている。

「……由依ちゃん、あの……学校に連絡入れた？」

「あ」

琴子の母から言いにくそうに問い掛けられ、由依はスマホで時間を確認する。表示された時刻はすでに十時を過ぎていて、つい顔を顰《しか》めてしまう。完全に抜けていた。

「すみません、電話してきます」

「あ、待って。連絡先教えてくれる？　こういう時は大人が連絡した方がいいから」

嫌われていると思っていたのに、琴子の母はびっくりするほど優しい声で、由依の学校の連絡先を聞いてくる。

娘が目を覚ますまで傍にいたいはずなのに。

学校への連絡なんて、今更ちょっと遅れたところで何も変わらない。ということを、嫌われている云々は抜きにして言葉を選びながら由依は伝えたけれど、琴子の母は連絡するという主張を譲らなかった。

そこに何かしらの意図があると勘ぐった由依は、お好きにどうぞという気持ちで連絡先を伝えた。

病室から一人消えて、更に空気が重くなる。

出勤前だったのか出勤途中だったのかはわからないけれど、スーツ姿の琴子の父は、しかめっ面《つら》とまではいかなくても苦しげな表情をしている。

和樹に至っては、よほど慌てて来たのだろう。いつものチンピラみたいな格好ではなく、ラフなニットのセーターとジーンズ姿だ。

由依も見た目はニットのセーターとスカート姿ではあるが、実はニットの中は寝間着のままだ。

皆、取るものも取りあえずここに駆けつけた。しかし、抱えている気持ちは絶対的に違う。

間違いなく憎しみの感情を由依に向けているであろう琴子の家族と、後悔と罪悪感で俯《うつむ》く由依。息をするのも苦痛に思える時間がゆっくりと過ぎていく。

あまりの息苦しさに、いっそ自分が琴子にしたように口汚く責め立ててくればいいのにと由依が自暴自棄なことを思ったその時、琴子は目を覚ました。

もぞっと身じろぎをしながら目を開けた琴子は、ここがどこかわからなかったのか不安げに辺りを見回し――由依を視界に収めた途端、はっと我に返ったかのように目に力が戻った。

「由依ちゃん、ごめんね！」

肘をついて起き上がった琴子は、まず最初にそう叫んで頭を下げた。

その声は、ついさっき血を吐いて倒れた人とは到底思えない力がある――と、いえば聞こえはいいが、要は切羽詰《せっぱつ》まった声だった。

ベッドの反対側で付き添っていた琴子の父と和樹がぎょっとした。無論、由依だって唖然としている。

そんな中、琴子はこちらの心情など無視して言葉を重ねた。更に切羽詰《せっぱつ》まった声で。

「由依ちゃん聞いて。あのね、コロッケすごく食べたかったの！　ってか、一口は食べたの。ものっすごく美味《おい》しかった。絶品だった！　付け合わせの和風ソースも激ウマで、全部かけてがっつり食べようと思ったんだ。でもね……急に胃が痛くなってね……胃薬飲んでちょっと休めば食べれると思ったんだけど、どんどん痛くなってね、どうしても食べれなかったの。ごめんなさい」

「琴子、わかったから少し落ち着きなさい」

「今ちょっと大事な話をしてるから、お父さんは黙ってて！」

「こっちだって大事な話を——」

「黙って！」

「……ああ、わかった」

娘の身体を案じてくれているのに、そんな態度はないだろうと由依は思った。しかし琴子の父は、そういう娘の態度に慣れているのか不機嫌な顔になることもなく、あっさりと身を引いた。少し落ちた肩が痛々しい。

対して琴子は、父親に詫びの言葉すら入れずに由依に向かって口を開く。

「それとね、コロッケは要らなかったから捨てたんじゃないんだよ。もったいないから、明日の朝ごはんにしようと思って冷蔵庫に入れようと思ったら躓《つまず》いちゃって……コロッケ駄目にしちゃったの……本当にごめん。由依ちゃん、せっかく作ってくれたのに台無しにしちゃってごめんね！」

手を合わせて、何度も頭を下げながら必死に語ってくれた琴子はとっても真剣な表情で、適当な嘘を吐いているようには見えなかった。

いや、もし仮にこの言葉が嘘であっても、全面的に信じると由依は誓える。

なぜならこんな状態で語ってくれた琴子の言葉は、全部、由依を気遣ってくれるもの。その気持ちがとてもありがたくて、申し訳なくって――堪《たま》らなく嬉しかった。

でも由依の口から出た言葉は、今日もまた可愛げのないものだった。

「そんなこと、気にしないでください。私こそ勘違いして琴子さんにひどいこと言ってすみませんでした」

「ううん！　あんな手の込んだ料理を台無しにしちゃったんだもん、怒って当然だよっ。ってか、怒らなきゃ駄目だよ、由依ちゃん」

「いえ、それはちょっと横暴ですよ」

「そんなわけないよ。ちっとも横暴なんかじゃ――」

「あんたが、偉そうなこと言うんじゃないわよ‼」

突然病室の扉が開き、部屋中に大声が響いた。声の主《ぬし》は、琴子の母だ。

病室を出る時は菩薩のような顔をしていた琴子の母は、今は阿修羅像のような怖い顔をしている。

その怒りは、てっきり自分に向けられていると由依は思った。

だが予想に反して、琴子の母は由依を素通りして、ベッドにいる琴子の前に立つ。

すぐに琴子は、げっという顔をする。

それが起爆剤になったかのように、琴子の母は腰に手を当て大きく息を吸うと、再び怒鳴り声を上げた。

「まったく胃潰瘍ってなに⁉　由依ちゃんから連絡もらって、お母さんひっくり返るかと思うくらい驚いたわよ！　琴子、あんた三十路《みそじ》過ぎて体調管理もできないの⁉」

「まぁまぁ……あのさぁ母さん、姉ちゃん起きたばっかりなんだからさぁ……」

「そうだよ、お母さん。お説教はもうちょっと元気になってからにしなさい」

「馬鹿言ってんじゃないわよ！　こんな時じゃなきゃ、琴子は人の言うことなんか聞かないでしょ‼」

割って入った男性二人は、琴子の母の雷発言に顔を見合わせ「まぁ、そうだな」と妙に納得した顔になる。

対して琴子は、露骨に嫌な顔をしている。ただその表情は嫌悪ではなく、小言に聞き飽きた娘のそれ。

こんな状況なのに、琴子のものすごく珍しい表情を見て、由依は新鮮さを覚えてしまう。

けれども、琴子の母にとっては見慣れたものらしい。そして怒りを助長するものだった。

再び大きく息を吸った琴子の母は、「だいたいあんたは昔から――」とガミガミと説教を始めた。その小言は学生時代にまでさかのぼってしまい、見るに見かねた和樹が、再びなだめようとする。

しかし、それを振り払うように琴子の母はこう言った。

「だからお母さんは、あんたの結婚に反対だったのよ」

金切り声ではなく、確信に満ちた深い声音に、由依は心臓を一突きされたような衝撃に襲われた。

――ああ、そうだ。そうだった。

どれだけ優しく接してくれていても、琴子の母の気持ちは、やっぱりあの食事会の時のままなんだ。

落胆しなかったと言えば嘘になる。でも今すぐに、こんなことになってごめんなさいと頭を下げたくなる自分がいる。反面、謝罪すら受け取ってもらえないような気がして怖くて足が動かない。

知らず知らずのうちに視線が床に落ちる。琴子の母から続く言葉を聞くのが恐ろしくてうまく息ができないし、耳の奥がキーンと鳴る。

同情を求めるように絶不調になる自分が、由依はとことん嫌になる。

しっかりしろと思うけれど、このまま耳鳴りがもっと大きくなって、何も聞こえなくなればいいのにと狡《ずる》いことを願ってしまう。

けれども琴子の母の声は、その願いを打ち消す大きさで耳を劈《つんざ》く。

「あんたみたいなちゃらんぽらんな子が、こんなしっかりした子のお母さんになれるわけなかったのよ！」

——え？

きっと廊下まで響いたであろう琴子の母の言葉はちゃんと聞こえた。でも、なぜか言葉として理解できなかった。

——誰がちゃらんぽらんで、誰がしっかりした子？

再婚してたった三か月で失踪した父親がちゃらんぽらんのはずで、由依はそのちゃらんぽらんの子供。

そしてそんな由依と一緒に住んでくれている琴子は、しっかりした子……のはず。いやしっかりした子というよりは、いい人とかお人好しとか情に厚いとか、そういう表現の方が合っているけれど、とにかくちゃらんぽらんではない。

そんなことを考えながら、由依は琴子の母をチラリと見る。鋭い視線はまっすぐに琴子に向かっていた。

それすなわち、琴子の母が娘の結婚に反対していたのは、夫となる男にでっかいコブが付いていたからじゃないということで……由依は思考がついていかず、目がぐるぐる回る。

歪む視界の中で、琴子は未だにお母さんに叱られている。子供に心配を掛けるなんて最低だとか、どうせあんたのことだから家事も任せてるんでしょ？　とか遠慮のない言葉が病室に響く。

その度に琴子は「だって」とか「でも」とか口を尖らせるが、由依のせいだとは一言も言わない。

そして親子の会話の中で、胃潰瘍の理由が、〝職場の相棒がお得意先と不倫しているかも疑惑〟が持ち上がり、その後処理に追われていたせいだということが判明した。

盗み聞きをしてしまった罪悪感より、由依は驚きの方が強かった。

言葉にできない感情から我知らず全身が弛緩《しかん》したその時、病室全体が揺れるほどの大声が響き渡った。

「だって仕方ないじゃない‼　家に帰って来たらほっとしちゃって、気が抜けたんだもん‼」

我慢の限界を超えた琴子が、とうとう掛け布団を叩きながら母親に反論したのだ。

すぐさま琴子の母から小言が三倍になって返ってくるが、今の由依はそれを止める余裕はない。

——なんだ、なんだこれ。

由依は喘《あえ》ぐように息をしながら、二つの結論に辿《たど》り着く。

琴子は由依との生活でストレスを抱えているわけじゃなかった。

琴子の母は由依のことを嫌ってなんかいなかった。

それを何度も心の中で呟いた途端、由依の心はパチンと弾けた。

今まで溜まっていた気持ちが、突き上げるように涙が溢《あふ》れてくる。立っていることができなくて、床にしゃがんだまま子供みたいに声を上げて泣く自分を止められない。

「由依ちゃん⁉」

「お、おい、由依、大丈夫か⁉」

「あら、どうしましょう……ごめんね、由依ちゃん。おばさん、大きな声出し過ぎたわね」

「おい、和樹。由依ちゃんに、なんか甘いジュース買ってこい！」

四方から気遣う声が掛けられる。それがまた余計に涙を誘った。

ジュースを買ってこいと言われた和樹が、弾かれたように病室から飛び出して行く。

すれ違う瞬間、由依の頭に大きな手が乗った。驚いて顔を上げれば、ぎょっとした顔の和樹と目が合った。

「うわっお前、すんげぇ顔。母さん、ティッシュ取ってやって」

「あら。あらあらあらあら。由依ちゃん、はいっ。これ使って、柔らかいやつだから」

「あ……ありがとうございます」

琴子の母が手渡してくれたティッシュは、本当に柔らかかった。

「たくさんあるから、何枚でも使ってね」

気遣ってくれる琴子の母の優しい声が、凝り固まっていた心を優しく溶かしていく。

それらに導《みちび》かれるように、由依の口からこれまでずっと抱えていた気持ちが言葉となって溢《あふ》れ出す。

「わ、私……私のせいで琴子さんが病気になっちゃったと思ったたっ。嫌われたかと思って怖かった……。あんなに血ぃ吐いて……あのまま琴子さん、死んじゃうかと思った」

「えー、胃潰瘍では死なないよー。それに私が由依ちゃんのこと嫌うわけないじゃーん」

即座に答えてくれる琴子の顔は涙でぼやけて見えないけれど、ものすごく呆れ声だった。

呆れられるくらい自分はくだらないことを言っている。つまり自分は琴子に全然嫌われてない。

その事実を再確認した今、由依はほっとするより、カチンときてしまう。

「だって！　だってさ、琴子さんさっ、私が修学旅行のお土産《みやげ》で渡したボールペンさっ、使ってくれてないじゃんっ‼」

「え？　あ、あれは違う、違う！　全然違うってば‼　インクが切れちゃって、替え芯が届くのを待ってるんだよ！」

「……え？」

琴子の説明に、由依は間抜けな声を上げてしまった。驚きのあまり涙も止まった。

「インク……切れ？」

「そう。ずっと使ってたから、インク切れちゃったんだよぅ」

眉を八の字にした琴子は「得意先の文房具屋のオジサンに頼んだんだけどちょっとトロくて」と、替え芯がなかなか手元に届かない事情も付け加えた。

それを聞いて、由依の顔がみるみるうちに赤くなる。

嫌われていると思っていたのも、独りぼっちになってしまうと不安に駆られていたのも、全部全部、自分の思い込みだったのだ。

「……ごめんなさい」

自然と口から出た由依の言葉に重なるように、琴子は「私こそ、ごめん」と言って、照れ臭そうに笑った。

瞬間、漂白したような真っ白な部屋が、日が差し込む柔らかい空間に変わった。

琴子の母は相変わらず怒り心頭だけれど、もう怖くない。琴子の父は、オロオロしっぱなしだけれど、目が合えばぎこちなく微笑んでくれた。

「由依ちゃん、もうすぐ和樹がジュース買ってくるから待ってなさい」

「あ、はい。ありがとうございます」

ぺこりと頭を下げた途端、和樹が戻って来た。手渡されたのは「おしるこ」の缶ジュース。

数ある飲み物の中からそれを選ぶ和樹のセンスに思うところはあったけれど、和樹に短い礼だけ言ってプルトップを開ける。

とろりと喉に滑り落ちていくそれは、ほっとするような甘さの中に、少しだけしょっぱさがあった。

──なんかこの味、くせになりそう……

そんなことを考えながら、由依が残り少なくなった塩味の効いたおしるこジュースをちびちびと飲んでいたら、琴子から声を掛けられた。

「由依ちゃん、飲んでるところごめん。ティッシュもらっていいかな？」

申し訳なさそうに言った琴子の目は赤くて、鼻の下にはネイルが塗られた指が添えられていた。これは間違いなく鼻水を押さえている緊急事態だ。

状況を把握した由依は、慌てて膝の上に置いたままだったティッシュの箱を掴《つか》むと、数枚引き抜いて琴子に手渡す。

「あ、ご、ごめんなさい！　どうぞ、使ってくださいっ」

「ん、ありがと」

鼻にかかった声でお礼を言ってくれた琴子と目が合って、由依はなんだかとても照れ臭くなる。

「由依ちゃんに釣られて、私も泣いちゃったよ……恥ずかし」

「私も……いっぱい泣いちゃって恥ずかしいです」

「そっか」

「はい」

鼻をティッシュで押さえた琴子は、へへっと笑い声を上げる。その顔は俳優のような奇麗な笑顔でもなければ、祖母をやり込めた無敵の微笑みでもない。

でも、顔をくしゃくしゃにして笑う琴子の表情は雨上がりの空みたいに爽《さわ》やかで、由依はまた鼻の奥がつんと痛んでしまう。

――駄目だ。私、涙腺が壊れちゃったみたい。

これまでどんなに辛いことがあっても身体が凍えるほど寂しくても、仕方ないと諦めて泣くのをずっと堪《こら》えてきた。

そうしたら、いつしか泣き方を忘れてしまって、どうやって泣いたらいいのかもわからなくなって、もう自分の目から涙なんて一生溢《あふ》れてこないいんじゃないかと思った。欠陥品になってしまった自分がちょっとだけ心配だった。

なのに今は、そんな不安を抱えていた自分が馬鹿だと笑えるほど、自然に涙が零れてくる。

「……もう、琴子さんのせいですよ」

「あはは っ、ごめん。退院したらケーキご馳走するから許して。ね？」

鼻水を啜《すす》りながら笑って両手を合わせる琴子を見て、琴子の母の額《ひたい》に青筋が浮く。

「馬鹿‼　あんた由依ちゃん泣かせて、ケーキ一個で済ませる気⁉」

「まさかっ、ちゃんとホールにするもん！」

「そういう問題じゃないでしょ！　由依ちゃんにちゃんと謝りなさいって言ってるの！　そうでしょ、由依ちゃん？」

「え……わ、私？」

まさか自分に振られるとは思っていなかった由依がぎょっとした瞬間、突然病室の扉が開いた。

「あのっ、どうかされましたか⁉」

騒ぎを聞きつけて看護師さんが病室に飛び込んできたのだ。

すぐに由依を含めた全員がしまったという表情になったが、看護師さんはそれに全く気付いていない様子で、キュッキュッとナースシューズの音を立てて近付き、ベッドにいる琴子を覗《のぞ》き込んだ。

「あっ、患者さんが目を覚まされたんですね。廊下まで声が聞こえてきたんで心配で見に来たんですが、我慢できないほど痛みがありますか？　それとも知らない場所でびっくりしちゃいましたか？」

まだ若い看護師さんは、患者が急変したのかと思ったのだろう。緊迫した表情で、琴子を見た。

「……あ、ええっと……大丈夫です」

「そう？」

目を泳がせて曖昧《あいまい》な返事をする琴子に、怪訝《けげん》そうな表情を浮かべた看護師さんは、今度は琴子の両親に本当に大丈夫なのかと確認を取る。

「あー……えっと、娘の体調は大丈夫です。家内がちょっと大声を出してしまって……その……ええっと、とにかくお騒がせしました」

しどろもどろに琴子の父が答えた瞬間、看護師さんはこの騒ぎが単なる親子喧嘩《げんか》だとわかったのだろう。みるみるうちに表情が険しくなった。

「ここは病院です。たとえ個室でも他の患者さんの迷惑になりますから、病室ではお静かにしてください。それと、患者さんはまだ安静が必要ですので、込み入ったお話はまた後日にお願いします！」

表情を一変させた看護師さんは厳しい口調でそう説教をして、最後に「何かあったらナースコールを押してください」と言って病室から出て行った。

その間、琴子の両親は「すみません」とペコペコ頭を下げて、由依も同じく何度も頭を下げた。

看護師さんが出て行くまでベッドに背を向けていたから、由依は琴子がどうしていたかはわからない。ただ和樹が「姉ちゃんも謝れよ」と咎《とが》める声が聞こえてきたけれど、琴子はずっと無言だった。

「いやぁー、元気な看護婦さんだったなぁ」

しばらく頭を下げた状態で固まっていた琴子の父は、姿勢を戻した途端、そう言ってにこりと笑った。

おそらく場の空気を変えようとしてくれたのだろうが、琴子の母の眉がつり上がる。

残念ながら琴子の父の気遣いは失敗に終わってしまった。と、思っていたけれど——

「お父さんったら違うでしょっ。今は看護婦さんじゃなくって、看護師さんって言うのよ」

「おっと、そうだったな。すまん、すまん」

斜め上の指摘を受けた琴子の父は、あっさり己《おのれ》の間違いを認めて、頭を掻きながら由依に笑いかける。

——こういうところ、親子なんだな。

由依は心の中でそう呟いて、曖昧《あいまい》な笑みを浮かべる。

榎本一家は、気にするところとか気遣うところとかが、微妙にずれているのだ。そして自分は、その榎本家のカラーがだんだん好きになっている。

「私、これ飲み終わったんで捨ててきます……あと、さっきは大声を出してすみませんでした」

勝手に傷ついて、勝手に喚《わめ》いて。その結果、看護師さんに叱られたことを詫びる由依に、病室にいる全員はカラカラと笑った。

「そんなこと気にしないでいいよ、由依ちゃん。なぁに、一番デカい声を出してたのは、母さんなんだから」

「あら、お父さんったら。でもそうね……そうよね。もう、こんな時に日頃のカラオケの成果が出ちゃうんだもん。嫌になるわぁ」

肩をすくめる琴子の母の発言は、やっぱりちょっとズレているなと心の中で呟きながら、由依は小さく頭を下げて病室を出た。

空き缶を捨てに行くのは、気恥ずかしさから一人になりたいだけの口実だったので、由依は、廊下を出てすぐにあるゴミ箱ではなくロビーまで歩くことにする。

途中でナースステーションを横切ると、ついさっき叱られた看護師さんがいた。向こうもこちらに気付いたようで、忙しそうにしていた手を止める。

また小言を言われたくない由依がすかさず会釈《えしゃく》をすると、看護師さんは人懐っこい笑顔を返してくれた。

第七章　雪解けの後に芽吹く気持ち

ロビーで空き缶を捨てた由依は、再び榎本一家のいる病室に戻る。

まだ気持ちはフワフワと落ち着かないし、どんな顔をして戻ればいいのかわからない。それでも気持ちはだいぶ落ち着いた。

午前中の外来診療の受付ロビーは混雑していたけれど、一般病棟はとても静かで、すれ違うのは入院患者ではなく医療関係者ばかりだ。

きびきびと働くその人たちに尊敬の目を向けつつ歩いていたら、大きなボストンバッグを抱えた壮年の男性が早足で自分を追い越していくのを見て、無意識に背筋がピンと伸びた。

――すぐに帰って入院の準備しないと。

琴子が倒れた時は、由依は救急車を呼ぶのが精一杯で、入院の準備をしようなんて発想までには及ばなかった。

医師の説明によれば、琴子の入院は一週間。検査をしてみないとはっきりとは言えないけれど、手術の必要はないらしい。でも着替えとかスキンケア用品とかが必要になるのは間違いない。

「琴子さんのお母さんにウチに来てもらおっかな。……んー、でも乗り換えあるし面倒くさいって言われるかなぁ」

着替えが必要となると、どうしても琴子の私室に入らないといけない。でも、そこは琴子の完全なるプライベート空間だから、他人が入るのは抵抗があるのではと由依は躊躇《ちゅうちょ》してしまう。

だからといって身内である琴子の母に、中途半端に距離のある自宅マンションに一緒に来てとお願いするのも何だか気が引ける。

もういっそ全部新品で買い揃えようか。入院に必要なものなんて全部が生活必需品だし、退院後だってあっても困らないものばかり。それに琴子のルームウェアは、吐血で汚れてしまったし。

お正月のショッピングモールで見かけたルームウェアが、琴子に似合いそうだったことまで思い出したのが決め手になって、由依は新品で揃えようと結論を下す。

ただ入院時に何が必要なのかわからないため、あとでナースセンターで尋ねるか、受付のロビーに置いてあったパンフレットをもらおうと頭に刻みつつ、このあとの段取りを組み立てる。

由依は入院に必要な備品を病室に届けたら一人で自宅マンションに帰宅して、あとは琴子の退院を一人で待つものだと思っていた。いや、それ以外の選択肢なんてないと思っていた。

なのに、病室の扉を開けた途端、予想だにしていない展開が待ち受けていた。

「おかえり、由依ちゃん。あのね、お鍋とすき焼き……由依ちゃんはどっちが好き?」

「え?」

礼儀正しく遅くなりましたと声を掛けようと思っていたのに、先に琴子の母から質問が飛んできて、由依は間抜けな声を出してしまう。

それを見た琴子の母は、困ったように眉を下げた。

「あらぁ……どっちも嫌いかしら? ならハンバーグと麻婆豆腐なら、どっちが好き?」

「俺はハンバーグだな」

「あんたには聞いてないわよ」

「へいへい。そーですか」

代わりに答えた和樹を一喝した琴子の母は、にこりと由依に微笑みかける。

なぜそんなことを尋ねるのだろうと、由依は純粋に疑問に思う。だが、絶対に答えなきゃいけない使命感に襲われてしまい、少し悩んで「麻婆豆腐」と言ってみる。

すぐに和樹が不満の声を上げたが、それもよくわからなくて首を傾げる。

由依は壁時計をチラリと見る。今の時刻は、三時間目が始まった頃。夕飯のメニューに悩むには、まだちょっと早い。

「あの……」

「じゃあ、そろそろ行きましょうか」

「はい？」

パンと手を叩いて出口に向かおうとする琴子の母に、由依はまた間抜けな声を出してしまった。

「ちょっとお母さん、説明不足！　由依ちゃんキョトンとしてるじゃん。ったく、お母さんって、いっつもそうだよね」

ベッドに半身を起こした状態でいる琴子は、更に身を乗り出して自分の母親に抗議する。

内心、琴子も似たところがあると由依は思ったけれど、それは口には出さずに説明を待つ。

「あら、お母さんうっかりしてたわ。ごめんなさいね、由依ちゃん。あのね、今から買い物一緒に行こうと思って」

琴子に文句を言われた琴子の母は、ちょっとだけムッとした顔をしたけれど、すぐに表情は穏やかになり、最後は弾んだ声になった。

ベッドにいる琴子も、同じように弾んだ声を出す。

「そうそう。ちゃんと説明しないとっ。お母さんって、マイペースすぎるんだよ」

「なによ。あんたも人のこと言えないでしょ」

「まあね。でもお母さんほどじゃないよ、私」

「そうか？　どっちもどっちだぞ」

口喧嘩《げんか》になりかけた琴子と琴子の母の間に割り込んだ和樹に、由依は心の中でナイスと呟く。図星をさされた二人は誤魔化すようにあらぬ方向に目を向けてくれたので、これ以上ひどくならなくてほっとした。

でも由依にとったら琴子の母が語った内容は、ぜんぜんナイスじゃなかった。申し訳ないが首を縦に振ることはできない。

「あの……私、琴子さんの入院準備をしないといけないので……すみません、一緒には行けません。ごめんなさい」

自分を誘ってくれた理由はきっと〝お近付きの印〟的なものだろうと由依は思っている。

歩み寄ってくれた気持ちを無下《むげ》にすることに罪悪感を覚えて頭を下げれば、琴子の母はコロコロと笑った。

「由依ちゃん、本当にしっかりしてるわね。でも、そんなこと気にしなくて大丈夫。マンションに寄ってから買い物行くつもりだから安心して……ね？」

最後に同意を求めるように問われたけれど、何を安心すればいいのだろうか。

「えっと、あの……私……」

「んじゃ、俺らは先に車を回してくるわ。十分後に、正面入り口で。よろー」

「あ、お父さん！　車の中、ちょっとは奇麗にしといてちょうだい。由依ちゃん、乗せるんだから」

「ああ、わかってる」

この会話から察するに、麻婆豆腐の材料を一緒に買いに行くのは決定事項らしい。

ならもういっそマンションではなく、衣料品なども扱っている大型スーパーに寄ってもらって琴子の入院に必要なものを買い揃えよう。

そう気持ちを切り替えた瞬間、琴子は由依に向けあっけらかんとした口調でこう言った。

「じゃあ、しばらく実家暮らしになるから、冷蔵庫の奈良漬け食べといてね。よろしく！」

それを聞いた途端、由依はものの見事に固まった。もちろん奈良漬けを食べたくなかったからじゃない。

どう考えても今の発言は、由依が琴子の実家にお世話になることを示していたからだ。つまりは琴子が退院するまで、由依は琴子の実家に住むということ。

——普通に無理だよ、ソレ。

正直、冗談じゃないと声に出さない自分を、由依は褒めてあげたかった。

これまで学校行事以外で外泊したことはなく、まして、家庭環境をバラされたくないせいで友達と家に泊まり合うことを避けてきた自分が、他人の家に何日も世話になるなんて……考えただけでも、由依は気が遠くなる。

「あら琴子、あんたまだ奈良漬け好きなの？」

「まだって、何？　あれほど美味《うま》いものはないじゃん」

「そうでもないと思うけど……まあ、あんたの好き嫌いはどうでもいいか。それより奈良漬けって賞味期限短いものなの？　お母さん、アレの匂い苦手なのよね」

「そう？　最高にいい匂いだと思うけど」

青ざめる由依を無視して、二人は呑気《のんき》に奈良漬けについて語っている。

普段なら他人の会話に横槍を入れるような真似などしないが、さすがに流されたままでいるわけにはいかないので、会話の邪魔をさせていただくことにした。

ただ琴子の実家に招いてくれたのは好意からくるものだというのはわかっている。だから、気を悪くさせないよう、精一杯言葉を選んで伝えてみる。

あと数日で春休みになること。セキュリティ対策がしっかりしているマンションだから一人でも大丈夫なこと。これまでも一人で過ごした期間があったけれど、一度も誰かに迷惑をかけるような真似はしなかったこと。

諦めてもらうことがなにより大事で、説得するために言ってはいけないことまで喋《しゃべ》ってしまったような気がする。せっかく好意を向けてもらえたのに、自分の発言のせいで台無しにしてしまったかもしれない。

言い終えてから、しまったと動揺する自分に呆れてしまう。だが琴子も琴子の母も、そこを気にしてる気配はない。そして、由依を実家に連れて行くという意思も変えてくれない。

「そっかそっか。学校はあとちょっとでお休みなのね。なら、安心だわ。実はウチは、駅までちょっと歩かないといけないの。あっ、でもね、朝はお父さんが駅まで送るから安心してね」

「そうよ、由依ちゃん。遠慮しないでお父さんをアッシー君にしちゃって！」

「ちょっと琴子、アッシー君は古すぎるわ。そんな昔の流行語を言ったって由依ちゃん、意味わかんないでしょ」

「確かにー。ごめん、アシに使ってって言った方がわかりやすかったか。ごめん、ごめん。あとね！　実家のドライヤーはナノケアだからそこも安心して！」

何一つ安心できる要素がない斜め上の返答に、由依は眩暈《めまい》すら覚えてしまう。

しかしどんなに強く主張したとて、しゅんとした琴子を見たくない自分は、結局のところ押し負けてしまうことに薄々気付いていた。

だから由依は、蚊の鳴くような声で「お世話になります」と呟き、ぺこりと頭を下げたのだった。

＊

「そんじゃあ、三十分くらいで戻ってくるから」

自宅マンションの前で琴子のお母さんと由依を降ろした和樹は、そう言い残して再びアクセルを踏んだ。どうしても欠席できない会議を控えている琴子の父を会社まで送るために。

「じゃ、由依ちゃん行きましょっか」

「は、はい」

先を促《うなが》す琴子のお母さんに頷き、由依は小走りにエントランスに向かう。中に入るのにオートロックを解除する必要があるからだ。

四桁のパスワードを入力して、由依は正面入り口の扉を開ける。

「あの、どうぞ」

「ふふっ、ありがとう」

何が面白いのかわからないけれど、琴子の母はずっと楽しそうだ。移動中の車内でもにこにこしていたし、今だって宝くじが当たったかのような浮かれ具合だ。

もちろん仏頂面《ぶっちょうづら》でいられるよりは全然いい。でも、こんなにもずっと笑顔でいられると、自分がどんな態度でいればいいのか、由依はわからなくなってしまう。

「えっと……ウチは三階なんで、エレベーター使いますね」

「ええ」

由依がどこの階に住んでるかなんてきっと知っているはずなのに、琴子の母は素直に頷いてエレベーターの前に立つ。幸い、二つあるエレベーターのうち一つが一階に停まってくれていた。

鍵を開けて、由依は琴子の母を部屋の中に通す。ひとまずリビングでお茶を出そうとしたけれど、そこはお世辞にも客人を呼べる状態ではなかった。

ほとんど寝起きのまま救急車を呼んだため、慌てて着替えたパジャマのズボンがソファに投げ出されている。加えて混乱を極めていた自分は、あちこちぶつかったらしくローテーブルの位置はずれているし、カーペットの角もめくれている。

それにここからは見えないけれど、キッチンのコーヒーメーカーには冷えたコーヒーがそのまま置いてある状態だ。

「ごめんなさい。部屋がちょっと散らかってて……」

時すでに遅しと思いつつも、パジャマのズボンを背中に隠しながら由依が頭を下げれば、琴子の母は目を丸くした。

「え？　ぜんぜん奇麗じゃないの」

見る限り、琴子の母はお世辞を言っているわけではなさそうだ。ただし、その言葉の意味は、由依が思っていたのと微妙に違っていた。

「琴子が血を吐いたって言ってたから、てっきり床が真っ赤になっているかと思ってたけど」

「あ、琴子さんの部屋着は真っ赤になっちゃいました」

「そうなの？　ならいっか」

琴子の愛用の部屋着に染みが残るのはよくはないだろう。

そう言おうと思ったけれど、琴子の母は部屋をぐるりと見渡したあと、こちらを向いて目を細めた。

「由依ちゃんが、いつもお部屋を奇麗にしてるんだよね。居心地がいい場所ね、ここは。琴子がほっとして血を吐くのも無理はないわね」

「……っ」

他に選択肢がなくて住んでいるだけのここを居心地がいいなんて言われて、由依はグッと胸が詰まった。

琴子のいる病室でワンワン泣いたせいで、今ちょっと涙腺が壊れている。そんな自分に、琴子の母はまだ泣けと言っているのだろうか。

――こういうの本当にやめてよ、もう。

可愛げのない言葉が心の中でポンと浮かぶ。でも由依の口から零れた言葉は、全然別のものだった。

「……私、今……かなり嬉しいです」

「そう。おばさんもね、由依ちゃんとこんなふうにお話しできてとっても嬉しいわ」

琴子の母の柔らかな口調がしんとした部屋に響く。カーテンの隙間から零れる日差しが眩《まぶ》しくて、由依はそっと目頭を押さえた。

気合で涙を引っ込めたあと、由依は琴子の母にお茶を出す。一口飲んで美味《おい》しいと微笑んだ琴子の母は、あっという間にお茶を飲み干して、入院中に必要な荷物をまとめてくれた。

「ったく、琴子ったら相変わらず片づけできないんだから。どうして出したものをしまうだけなのに……ほんと、面倒くさがりなのよね、あの子」

そんなことをブツブツ言いながら、ものの数分で琴子の私室から出て来た琴子の母の手には、大きな紙袋が二つあった。

主婦の本気を見せられた由依も、自分の部屋で荷造りを始める。しかし外泊慣れしていないせいで何を持っていけばいいのかわからず、無駄に時間がかかってしまう。

いっそ修学旅行の時と同じものを持っていこうかと本気で考えながら、勉強机の上に置いてある時計を見れば、あと十分で和樹が迎えに来る時刻になっていた。

舌打ちしつつ、由依は自室を出てリビングに移動する。

「時間かかっちゃって、すみません。お茶のお代わり入れます」

ソファで手持ち無沙汰にしている琴子の母は、由依に振り向いて軽く手を振った。

「あー、そんなのいいのいいの。ゆっくり準備してね。和樹なんて待たせておけばいいんだから」

「それはちょっと……」

ありがたいと思いつつも、素直に受け入れるには図々しいため、返事に困ってしまう。そんな由依に、琴子の母は「手伝えることがあれば言ってね」と穏やかに笑う。

その笑い方が琴子とそっくりで、由依はまるで未来にタイムスリップしたような錯覚を覚えてしまった。

結局、琴子の母に生ごみの処理まで手伝ってもらったあと、由依は修学旅行の時に使った大きなボストンバッグと学生鞄を両手に持って、和樹が運転する車の後部座席に乗り込んだ。

もちろんパジャマの上にニットのセーターを着こんでいたあり得ない格好も、きちんと私服姿に戻して。

「ずいぶん時間かかったな。もしかして由依、お前って見かけによらずどんくさいのか？」

「こらっ。あんたはなんてこと言うの！」

座った途端に和樹から失礼なことを言われ、由依はカチンときた。けれど助手席に座っている琴子の母がすかさず叱ってくれたので、苛立つより恐縮してしまう。

「ったく、そんなに怒らなくってもいいじゃねえか」

「そんなことを言うなら、お母さんを怒らせないでちょうだい」

「あーはいはい」

ハンドルを切りながらぼやく和樹を適当にあしらった琴子の母は、ぐいっと後部座席に身を乗り出した。

「ところで由依ちゃん、本当に麻婆豆腐でいいの？　遠慮してない？　今日は由依ちゃんの歓迎会なんだから何でも好きなものをリクエストしてね！」

「っ……あっ」

そっか。そういう意味だったんだ。

琴子の病室で唐突に問われたそれは、てっきり榎本家だけのことだと由依は思っていた。でも、そうじゃなかった。そこに自分も加えてくれていたのだ。

自宅マンションのダイニングテーブルは四人掛けだったけれど、その椅子が全部埋まることはなかった。

琴子と二人で生活を始めると、空いた二つの椅子はティッシュとか鞄とかちょっとした物置き場として使うようになっていた。

由依は、想像する。榎本家にあるダイニングテーブルに座る自分を。四つの椅子が全部埋まるその光景を――

「おい、由依。お前、ハンバーグにしろ。この前、すっげぇ食べたそうにしてただろ」

「うるさいわね。あんたは運転だけしてなさい」

「くっそ、マジかよ」

黙ったままでいたら、和樹から余計なアドバイスが飛んで来た。でもすぐに琴子の母にぴしゃりと叱られ、彼は不貞腐《ふてくさ》れながらハンドルを切る。

そんな和樹に苦笑しながら、由依はぎゅっとスカートの裾を掴《つか》む。

――こ、ここは……勇気を出さないと。

自分の心を閉ざしたままでは、他人との距離なんか縮まらない。まして、相手が大切にしたいと思う人ならなおさらに。

ただこれまでずっと他人と距離を取ってきた由依にとっては、好きなメニューを口にすることすらとてつもなくハードルが高くて、勇気が必要なこと。

馬鹿みたいに身体がガチガチになって、手のひらに汗をかいている。なのに、口の中はカラカラだ。心臓の音だって、無駄に大きくて速い。

それでも由依は乾いた唇を少し舐めてから、口を開いた。

「あの……本当に、何でもいいんですか？」

「もちろんよ。お肉だって奮発しちゃうから、ステーキだっていいわよ」

無理な体勢なのに、琴子の母はずっとニコニコしながら由依の答えを待ち続けていてくれる。

その笑顔に後押しされるように、由依は自分が一番食べたいメニューを告げた。

「私、煮魚が食べたいです」

「あら、煮魚⁉」

「お前、またかよっ」

二人が同時に発した言葉があまりに想像通りで、由依は笑ってしまう。

「はい。自分じゃ上手に作れないんで、作ってほしいんです……お願いします」

小さく頭を下げれば、琴子の母はふふっと柔らかい声を上げた。

「任せてちょうだい。煮魚は得意なの」

その口調は得意料理をリクエストされた嬉しさからくるものではなく、もっと別の喜びから発せられた声音に聞こえた。でも今の由依には、それが何なのかわからない。

——いつか、わかる日が来るのかな。

琴子の母は、もう姿勢を戻して前を向いている。運転席では和樹が「結局いつも通りの夕飯かよ」とぼやいている。

平日の午前中は、道が空いていてもうすぐ琴子の入院する総合病院だ。

これからの数日間は、自分にとったらとんでもない冒険になるだろう。溜息を隠して愛想笑いをするのに疲れるかもしれない。居心地が悪くて胃がキリキリするかもしれない。

楽観的に物事を考えるより、最悪の事態を考えてしまうのが由依の癖だ。だってこれ以上ないほど悪いことを想像しておけば、何が起こっても「想定の範囲」だと割り切れるから。

でも、自分から環境をよくするために動くのが大事だってことも、もう知っている。

「あの……夕飯のメニューなんですが、変更してもいいですか？」

前を向いたまま琴子の母は、明るい声で続きを促《うなが》してくれる。

「麻婆豆腐じゃなくて、和風ハンバーグが食べたいです」

すぐに和樹の「おっしゃ！」と弾んだ声が車内に響いた。

「もちろんよ」


琴子の実家は、由依のマンションから車で二十分くらいの距離にある築三十年の二階建ての一軒家だった。

国立公園に続く緩《ゆる》やかな坂道の途中にあるそこは、似たような造りの家が並んでいるけれど、よく見れば玄関にシンボルツリーが植えられていたり、カーポートを取り付けてあったりと、一軒一軒ちょっとずつ違っている。

榎本家は二年前に外壁を塗り直したらしく、オフホワイトの壁が太陽の光に反射して眩《まぶ》しく築年数より遥かに新しい家に見える。それに琴子の母の趣味はガーデニングなのだろう。まだ二月なのに門扉《もんぴ》や庭の至るところにプランターがあり奇麗な花が咲いていた。

そんなお花屋さんみたいな家に住む榎本家の皆は、由依を歓迎してくれているようだが過干渉ではない。そして榎本家のルールを押し付けたりもしない。

とはいえ手伝うと言えば喜んで受け入れてくれるし、お茶碗もお箸もわざわざ由依専用のものを新調してくれた。

琴子の病室で一緒に住もうと提案された時は、他人の家で他人に囲まれて暮らすなんて絶対に無理だと由依は思っていた。でも初日の煮魚と和風ハンバーグの夕食を皮切りに、思いの外順調に進んでいった。

「それじゃあ、由依ちゃん、時間だから行こうか」

出勤直前のスーツ姿の琴子の父は、ネクタイをもう一度締め直しながら玄関に向かう。由依も「はい」と行儀よく返事をすると、すぐに鞄を持ってダイニングテーブルから立ち上がる。

玄関で靴を履いていたら、琴子の母がエプロンで手を拭きながら見送りに来た。

「行ってらっしゃい。気を付けてね」

「はい。あの、行ってきます」

「はいはーい」

もうずっとここに住んでいるかのような錯覚を覚えてしまうほど、琴子の母は自然な仕草で手を振って由依を送り出した。

あの日——琴子が入院したのは金曜日で、そのまま由依はズル休みをしてしまった。そして週末を挟んだ今日から春休みまで、由依は榎本家から通学することになる。榎本家の自宅から最寄り駅まで徒歩二十分。距離としてはそこそこあるけれど、坂を下っていけば迷わず着く。

なのに琴子の父は、最寄り駅まで車で送ってくれる。日曜日の夜に遠慮したけれど、案の定、却下されてしまった。

「この横断歩道は、信号が早く変わっちゃうから歩道橋を使った方がいいよ」

「はい」

「あと、さっき通ったケーキ屋さんから曲がった方が近道なんだけど、車も抜け道として使うから危ないんだよね。ちょっと遠回りだけど、この大通りを使ってくれるかな」

「はい」

「あのケーキ屋さんのシュークリームは美味《おい》しいよ。今日、買って帰るから食べてごらん」

「いえ……そんな」

「大丈夫、大丈夫。小さめだから」

「……はい」

ハンドルを切りながら、駅に向かう琴子の父はとても饒舌《じょうぜつ》で、話す内容はやっぱりどこかズレている。

そんな琴子の父の話に由依が一つ一つ丁寧に返事をしていれば、あっという間に駅に到着した。

「送ってもらってありがとうございます……えっと、行ってきます」

「うん。気を付けていっておいで。あ、由依ちゃんちょっと待ってくれ！」

今まさに助手席を降りてドアを閉めようとした瞬間、琴子の父に呼び止められた。

なんだろうと身構える由依に、琴子の父は片足をぐいっと助手席に伸ばして、おもむろにスーツのズボンの裾を上げた。

そこに現れたのは、見覚えのある靴下。以前、お正月にお年玉のお礼に贈ったものだった。

「ありがとう。これすごくいいね」

嬉しそうに笑いながらお礼を言ってくれた琴子の父に、由依は気の利いた返事ができない。

なのに琴子の父は、はにかむだけの由依にもう一度「ありがとう」と「行ってらっしゃい」という温かな言葉をかけてくれた。

いつもと逆方向のホームに立った由依は、定刻通りに到着した電車に乗り込む。すぐに走り出した電車の窓に目を向ければ、知っているようで知らない景色が流れていく。

——さて、頑張るか。

琴子が入院しようが、琴子の両親と距離が縮まろうが、学校生活では未だにぼっちの状態が続いている。

友達の好きな男の子に手を出した裏切り者という立ち位置は、日に日に薄まっているけれど、一部のクラスメイトから無視をされたり、ありもしないことを囁《ささや》かれるのは正直言って不愉快だ。

でもそうなることを覚悟の上で、莉愛に言いたいことを言ったのだから後悔はしていない。とにかく粛々と終業式まで通学すれば、きっと今よりマシな新学期を迎えることができるだろう。

楽観的過ぎるかなと思いつつ、由依は校門をくぐって教室に向かう。

廊下でクラスメイトとすれ違っても、教室に足を踏み入れても、皆、週末にあった出来事を喋《しゃべ》り合うのに忙しくて、ズル休みをした由依のことなど気にも留めていない。

それに寂しさを覚えるよりほっとしてしまう自分に、なんだかなぁと苦笑しながら予鈴のチャイムが鳴るのを待つ。

その間に莉愛と仁美から何度か視線を向けられたような気がしたけれど、きっと気のせいだろう。いや……気のせいだと、由依は思い込むことにした。

「――ということで、今日はこれまで。もう何度も言ってるけど、終業式まで半日授業が続いても寄り道しないように。先生はこのあと街の中を巡回するけど、そこで会ったら反省文五枚だからね。あと補習を受ける生徒に言っておくけど、これ落としたら留年だからしっかり授業を聞くように！」

担任の非情な言葉に、あちこちから不満の声が上がる。

歳を尋ねると決まって「二十歳」と答えるベリーショートの髪型にまず目がいってしまう女性担任は、このあと職員会議でも控えているのだろう。生徒の非難の声を「はい、終わり！」と両手を叩いて封じると、さっさと教室から出て行ってしまった。

不平不満を口にしていたクラスメイトたちは、表情を一変させすぐに帰り支度を始める。もちろん由依も手早く荷物を指定鞄に突っ込んで立ち上がると、足早に靴箱へと向かった。

週末は土日とも琴子の病室に顔を出した。流動食しか食べられない琴子は、始終スルメと赤いウィンナーが食べたいと言っていた。

さすがにそれらをお見舞いで持っていくことはできないので、その次に多く口にしていた「どうせ仕事休んでるんだから派手なネイルを塗りたい」というリクエストを叶えるために、由依はドラッグストアに寄ろうと決めている。

あとアルコール以外の飲み物なら持ち込みの許可も得ているので、高級果実ジュースの専門店も覗《のぞ》いてみたい。ワインに似たボトルのジュースを持っていったら、琴子は喜んでくれるだろうか。それとも余計にお酒が飲みたくなると困らせてしまうだろうか。

などと考えながら由依が靴箱で靴を履き替えていると、背後から声を掛けられた。

「ねえ由依……ちょっといいかな？」

機嫌を窺《うかが》うような口調でそう尋ねたのは、これまで徹底的に由依を避け続けてきた莉愛だった。

「あのさ、由依。……ほんとちょっとでいいから、話できない？」

驚いて黙っているだけなのだが莉愛にはそう見えないようで、更に媚びる表情になる。莉愛の隣に立っている仁美は、保護者のような顔をして由依と莉愛を交互に見つめている。

「橋坂さん、もしかして急ぎの用事でもあった？」

「あ、うん。あるっちゃあるけど……」

琴子が入院したことを二人に伝えたくない。由依が言葉尻を濁《にご》せば、仁美は「また今度にしたら？」と莉愛に提案する。

「でも……すぐに終わるから、ね？　由依、いいでしょ？　ちょっとだけ」

くしゃりと泣きそうな顔を作りながら、莉愛は由依の腕を掴《つか》む。

その仕草は可愛いと思えるけれど、これが莉愛の計算から来るものだということを由依は知っている。

――さすが莉愛……あざといなぁ。

由依は心の中でそんなことを呟きながら溜息を吐く。絶対に話なんかするもんかと子供みたいに意地を張りたくなる。

でもどうせ嫌だと言っても、これまでの経験上、こっちが〝うん〟と言うまで莉愛が諦めることはない。ならさっさと用事を済ませたほうがいい。自分だって多少の計算はできるのだ。

「わかった。ちょっとだけなら。話するの、こっちでいい？」

主導権を握りたいわけじゃないけれど、早く学校を出たい由依は、莉愛の返事を待たずに校舎の外に出た。

校門近くは帰宅する生徒で賑わっているので、あえて校舎の裏庭に移動する。莉愛と仁美は大人しく自分の後ろを歩いている。

「それで……話って何？」

近くに人気《ひとけ》がないことを確認してから、由依は莉愛たちに切り出した。途端に、莉愛の表情に緊張が走る。

「あ……えっと……担任から、由依が先週の金曜日に休んだ理由……聞いちゃってね」

「うん」

「あれって、本当なのかな……って聞きたくって」

「本当だよ」

即答してみたけれど、実のところ琴子の母が担任にどう伝えたのか、由依は聞いていない。

ただ、琴子の件に触れられるのはいい気分ではないので、さっさとこの会話を終わりにしたいと思う。

「話ってそれだけ？　なら、もういいかな。私、今から病院に行きたいの。じゃ――」

「あ、待って。待って。待って！」

一方的に話を切り上げて莉愛たちに背を向けようとしたら、強く肩を掴《つか》まれた。

「私、由依がそんなに悩んでるなんて知らなかった。なんか、ごめん」

「……はぁ」

「でも私だってあの時、傷付いたの。由依が裏切るなんて、今でも信じられないし信じたくないし。ただ救急車を呼ばないといけないくらいお腹が痛くなっちゃうなんて、由依もすごく悩んでたんだよね？」

由依の顔を覗《のぞ》き込んでくる莉愛の顔はとても真剣だった。

対して由依は、莉愛がものすごく勘違いをしていることはわかるが、どこからその誤解を解いていいのかわからない。

それに、この大いなる誤解は、琴子の母の話し方が悪かったせいないのか、単純に担任が聞き間違いをしたのかもわからない。

わかることといえば、琴子が救急搬送されたはずなのに、学校では自分が救急車に乗ったことになっている――それだけだった。

「ほんと、ごめんね、由依」

「私も……橋坂さんの話をもっと聞けばよかった。ごめんね」

唖然とする由依に、莉愛と仁美は謝罪の言葉を繰り返す。

けれどその表情は心から詫びているというより、義務感からくるもの。はっきり言ってしまえば「なんで私が謝らないといけないの」という気持ちが見え隠れしている。

なら謝らなければいいのにと思ったけれど、彼女たちにはそうするだけの事情があるのだということに気付いた。

短大でも四大でも内部受験をする場合、生徒の身持ちのよさを重視するこの学校は成績よりも内申書を重視する。莉愛と仁美は内部受験を希望していた。

――まぁ、内申書に響かないようにするなら、謝るのが正解だよね。

何が悪かったのか。どこがいけなかったのか。それを口にせず己《おのれ》の保身のために謝る二人に、由依はニコッと笑った。

「ううん、気にしないで」

――だって、私は胃を壊すほどは、二人のことで悩んでいないもん。

事実を隠して謝罪を受け入れる由依は、いい子ではない。でも、たまにはそんな自分がいてもいい。

そんなふうに思えるようになったことに驚きつつも、肩の力が抜けた。そして一刻も早く、由依は琴子に会いたくなった。

＊

「昨日のテレビでね、宇宙人は私たちの日常に溶け込んで地球人を観察してるって言ってたけれど、あれ本当なのかしらね。もしそうなら新しくできたクリーニング屋さんの店長さん？　あの人、絶対に宇宙人だと思うのよ」

「ああ、この前通った時にチラッと見かけた髪が緑色のおっさんのこと？　おい、由依。また魚をリクエストしたのかよ」

「そうそう、その人。――あ、お父さん、お醤油はここよ。ほら和樹、独り占めしないで真ん中に置いて」

「こら和樹、そんな言い方をしたら駄目じゃないか。由依ちゃんは、お父さんのコレステロール値を気にして魚料理がいいって言ってくれたんだぞ。な？　そうだろ、由依ちゃん」

ポンポンと弾む会話の締めくくりが自分への質問だなんて、そんなの聞いてない、と由依は思ったけれど、曖昧《あいまい》に笑って味噌汁を啜《すす》る。

ナスとお揚げと大根が入ったそれは、薄味だけれど出汁《だし》が利いていてとても美味《おい》しい。

榎本家の食卓は、テーブルいっぱいにおかずが並び、会話も止《と》まるところを知らない。

これまで静かな食卓が当たり前だと思っていた由依には少々刺激が強く、返事に困ることが多いが居心地は悪くない。

——琴子さんは、こんなふうにご飯を食べて育ったんだな。

自宅マンションで一緒にご飯を食べる時、琴子はいつも由依に話しかけていた。

それを由依は、気まずい空気にしないための気遣いだと思っていたけれど、どうやら違うようだ。きっと食事中に会話をするのは、琴子にとってはごく自然なことなのだろう。

由依の父親は、食事中に会話をするのを好まなかった。無駄口を叩かずさっさと食べろと言われたことは数知れない。

その影響で由依は、食べながら会話をすることがちょっと苦手だ。というか「食べる」ことと「会話をする」ことが同時進行できなかった。

「由依ちゃん、お代わりは？」

「あ、大丈夫です」

「そうなの？　遠慮しないで、いっぱい食べてね」

お茶碗が空になったのを見逃さなかった琴子の母は、残念そうな表情を浮かべる。

そんな顔をされると、ついついお代わりをしてしまうという日々が続いていたけれど、そろそろ制服のウエストがきつくなってきたので自制しないといけない。それに今日は――

「食後にシュークリームが待ってるので……」

由依が遠慮がちに琴子の父を見ながらそう言うと、琴子の父は役者張りの渋い口調で「お前たちの分もあるぞ」と言い、ほうじ茶を一口啜《すす》った。

一拍置いて琴子の母と和樹が、弾かれたように声を上げて笑った。

食後のコーヒーと一緒にいただいた琴子の父が買ってきてくれたシュークリームは、シューの皮が硬めでクリームは甘さが控え目の大人っぽい味で、とても美味《おい》しかった。

ただ小ぶりと聞いていたけれど存外大きくて、ご飯のお代わりをしなくて本当によかったと由依は胸をなでおろす。

きっとお代わりをしていたら、お腹が苦しくて最後までシュークリームを美味《おい》しくいただくことは難しかっただろう。

琴子は酒豪だけれど甘党だ。ケーキ屋さんの場所はしっかり覚えたから、今度は自分が琴子にシュークリームを用意しよう。

などと考えながら、由依はベッドに座って己《おのれ》のスマホをじっと見つめた。

榎本家でお世話になる間、由依に与えられた部屋は琴子が使っていた部屋だ。もちろん本人には了承を得ている。部屋にあるものは何でも使ってというありがたい言葉までいただいた。

部屋にあるベッドと備え付けの棚と鏡台は、どれもアイボリー系。壁に立てかけられている折り畳みテーブルだけが水色。壁紙はオフホワイトで、床はフローリングそのままだ。

言葉を選ばなければ、簡素な部屋。けれども琴子が過ごしていた部屋だと思うと、由依は無性に愛着が湧いてしまう。

「琴子さん、もう寝ちゃったかな」

時刻は夜の十時になるところ。病院は消灯時間が決められているのは知っているが、何時なのかはわからない。

「……ま、別にいっか」

今、由依がずっとスマホを握っているのは、琴子の安眠を妨げたいわけじゃない。画面には真の連絡先が表示されている。

河川敷での一件以来、真からは連絡が一切ない。そして由依からも連絡をしていない。

なんだかんだで色々あったけれど、うやむやにしてはいけない気持ちが日増しに強くなって、とうとう限界がきてしまったのだ。

「……怖い……超怖い」

ただ一回タップするだけなのに、みっともなく指先が震えてそれができないでいる。

「ってか、マコト……電話出てくれるかなぁ」

深夜とはいかなくても、連絡をするにはちょっと遅い時刻だ。もういっそ一方的にメッセージを送ってしまおうか。既読スルーされたなら、それが答えだと割り切れば……

「いや、それ違う！　間違ってる！」

狡《ずる》い考えに逃げそうになった由依は、頭を振って駄目だと自分に言い聞かせる。

それからおもむろにベッドから立ち上がって、意味もなく部屋をグルグル歩き回る。

「大丈夫、大丈夫」とブツブツ呟き、無駄に深呼吸を繰り返しながら。

歩き回ること数分。ふと我に返った自分に噴き出して、もう一度ベッドに座る。でも、またウジウジし出す自分を感じた由依は、目をつぶって「えいやっ」と真の連絡先をタップした。

『ん、なに？』

ワンコールで繋《つな》がった相手の声は、それ以上でもそれ以下でもない、いつも通りのそっけなさだった。

「……ごめ、ごめんね」

真とまた会話ができたことに泣きたくなるほど安堵して、由依の声が震えてしまう。すぐさまスマホの向こうから、呆れ笑いが聞こえてきた。

『なに謝ってるんだか意味わかんね。俺、お前に怒ってなんかないし』

突き放すような言葉にも聞こえるが、由依にとってはこれ以上ないほど優しいそれ。そしてこのやり取りで、見えない何かが元に戻ったような気がした由依は、一気に近況報告をしようと口を開く。

「あ、あのね！　私、今ね、琴子さんの実家にいるの。あ、琴子さんって私の継母《ままはは》の名前なんだけど、それって言ってたっけ？　言ってなかったらごめん。で、その継母《ままはは》のね、琴子さんが入院しちゃって……あ、でも、もうすぐ退院するから、だからね、えっとね」

堰《せき》を切ったように語り始めた由依は、言葉が気持ちに追いつかずつっかえてしまう。それをスマホ越しに聞いていた真は再び呆れ笑いを漏らす。

『焦んなよ。別に俺、まだ寝ないし』

「あ、うん。うん……ありがと、マコト」

今の時刻は、午後十時を過ぎたばかり。由依は、真が深夜の時間帯にしか自分の時間を持てないことを知っている。なのにわざわざ『まだ寝ない』と言ってくれたのは、真なりの気遣いなのだろう。

――私、マコトのそういうところが……好き。

目を背《そむ》けていた自分の気持ちに向き合った由依は、スマホを握りしめたまま、ふうっと小さく息を吐く。認めたら、なんだか身体がとても軽くなった。

真と自分の関係が壊れるのが怖い怖いと怯えていたけれど、そうじゃなかったのだ。この関係を大切に思っているなら壊さないように努力しなければならなかった。

「あのね、私……マコトとまたキナの散歩に行きたい」

逃げたところで何もいいことはない。むしろ悪い方にしか進まない。だから由依は、勇気を出して、今、一番伝えたいことを真に伝えた。スマホの向こうにいる相手が、小さく息を呑んだのが気配で伝わった。

『……そういうことはっきり言われると……なんか、ちょっと変な感じだな』

しばらくしてから呟いた真の声音は困惑というより照れが滲《にじ》んでいた。由依もなんだかむず痒いような恥ずかしいような、変な気持ちになって、つい笑い声を漏らしてしまう。すぐにスマホの向こうからも笑い声がして、二人で一緒に声を上げて笑う。

それから由依は、真と近況報告を兼ねたとりとめのない会話をして通話を切った。

数分後、「五日後な」というメッセージと共にキナコの写真が送られてきた。

布団を被って嬉し泣きをしてしまったことは、由依は一生誰にも伝えることはないだろう。

第八章　私と継母《ままはは》の極めて平凡な日常

二月の終わりは暦《こよみ》の上では春だけど、雪解けにはまだしばらくかかりそうである。

無事に退院した琴子は義理の娘と一泊二日の温泉旅行に行くために、自宅マンションで荷造りをしていた。

「旅行なんて久しぶりだから、忘れ物ないかな。ま、明日には帰ってくるけど……」

誰かに向けての発言ではないけれど、妙に弾んだ声になってしまうのは、自分が思っている以上に浮かれているからなのだろう。

少し前までは、仕事だけが琴子の全てだった。がむしゃらに仕事だけをこなして年を重ね、ひっそりと終える人生だと思っていた。なのに、たった一年で大きく生活は変わった。橋坂由依という存在と出会ってしまったから。

琴子はある日突然、高校生の母親になった。しかも夫がいないのに、血の繋《つな》がらない娘との同居生活だ。それだけを聞いたら、誰もが無理だと思うだろう。なのに琴子は、この生活が幸福だと胸を張って言える。

強がりなんかじゃない。義理の娘の料理の腕が素晴らしくて、餌付《えづ》けされたわけでもない。警戒心が強い猫みたいな義理の娘が少しずつ心を開いてくれる変化が嬉しくて、ぎこちなく、それでもゆっくりと進んでいく二人の時間と関係を心から大切にしたいと思っている。

今だって、そうだ。荷造りを終えたのに、またクローゼットを開けて、新品のブルーグレー色のカシミアのストールを、由依に今日の旅行で使ってもらおうか真剣に悩んでいるのだ。

「十代にもそこそこ人気のブランドだけど……色が渋すぎるかなぁ。若い子はやっぱ白かピンクの方が好きだよねぇ」

ブツブツ呟きながらそれでも手渡そうと思い、琴子はストールを取り出し旅行鞄の上にそっと置く。

他人に振り回されることをよしとしないはずだったのに、自分はいつの間にか変わった。本当に……人生というのは、何が起こるかわからない。

そんなとりとめのないことを考えながら、琴子はおもむろにドレッサーの引き出しを開ける。

化粧道具は一式入れたけれど、どうせなら処分に困っている試供品を持っていこうと思ったのだ。

「……あ、二つとも私が持ってたんだ」

引き出しの奥に見慣れないブランドの化粧箱を見つけて蓋を開けたら、一度もはめることがなかった結婚指輪がペアの状態で出てきた。

傷一つないそれを一つ摘《つま》んだ琴子は、退院前日の出来事を思い出した。


暇を持て余した琴子が病室の窓から外の景色を眺めていたら、病室の扉が開き一人の男が姿を現した。

その男とは——由依の父親であり、未だ書類上は自分の夫、橋坂友彦だった。

「まさかあなたから会いに来るなんて思ってもみなかったわ」

嫌味交じりに微笑んだ琴子は、友彦に座るよう指示を出す。友彦は無言で琴子のベッドの脇に置いてある椅子に腰掛けた。

一年近く会っていないはずなのに、スーツ姿の友彦は相変わらず中年太りとは縁遠い身体で、律儀にも小さな花束を手にしている。あんなことがあったのに、親しみのある笑みを向けられる神経の太さも、無駄に気が回るところも何一つ変わっていない。

「誰に聞いたかわからないけれど、わざわざお見舞いに来てくれてありがとうね。でも、先に言っとくけれど、私が病院に担ぎ込まれた理由の中に、あなたなんか欠片《かけら》も入っていないから。安心して」

友彦が着席した途端、窓辺に立ったままの琴子は息継ぎせずに言い切った。見舞客に対して如何《いかが》なものかと言いたくなる発言を受けた友彦だが、気を悪くすることなく「それはそうだろう」とあっさり頷く。

次いで親しみのある笑みを苦笑に変えると、肩をすくめてこう言った。

「そもそも俺を追い出したのは、君じゃないか」

「ええ、その通りね」

静かに答えた琴子は、ふっと笑った。

友彦は、由依が修学旅行中に失踪したとなっているが、真実は違う。由依が修学旅行に行っている間に起こった事件がきっかけで、琴子に追い出されたのだ。

事件が起こったその日は、なんでもない平日だった。琴子は有休を取っていて、経営者で忙しいはずの友彦もたまたま自宅にいた。

琴子と友彦は恋愛関係から夫婦になったわけではない。だから義理の娘が不在の時に、独身時代に戻って恋人気分になろうという発想はなく、二人並んでリビングのソファに座りダラダラとテレビを観ていた。

穏やかな昼下がり。昼間のテレビ番組に飽きた琴子は、このまま昼寝でもしようかと思ったその時、突然チャイムが鳴った。

「ったく、勧誘か？」

亭主関白を気取る友彦は、不満の声を上げることはするが、絶対に自《みずか》ら席を立ち確認することはしない。言葉にこそしないが「家事は女の仕事」だと決めつけている節がある。

友彦と元妻が離婚した経緯は詳しく聞いてはいないけれど、きっとこういう時代錯誤な考え方が要因の一つになったに違いない。

などと心の中で呟きながら、琴子は嫌味っぽく「よいしょ」と声を上げて立ち上がり、モニター画面を確認した。若い女性がまっすぐこちらを見つめている。

張り付けたような笑顔が気になったけれど、画面越しに「橋坂さんの部下」と名乗られては、無下《むげ》にすることはできない。彼女は、友彦に書類を渡したいのだと言う。

「友彦さん、部下の方が書類を渡したいって」

「なら、受け取っておいてくれ」

「……私が？」

「ああ」

友彦は、至極当然のことだと言うように短く返事をした。火事にでもならない限りそこから動くことはないだろうと思わせるくらい、完全にソファと一体化している。

「たったこの距離を歩くのが面倒だなんて、あなた相当なオジサンね」

せめてもの意趣返しに精一杯の毒を吐いてから玄関に向かえば、そこには大きなお腹の女性がいた。驚いて息を呑む自分に、彼女はこう告げた。

「はじめまして。あなたが友彦さんの新しい奥さん？　あいにくだけど、私、友彦さんの子供を妊娠しているの。だから早々に身の振り方を考えてちょうだい」

自分より年下の勝ち誇った女性の顔を見て、頭が真っ白になった。驚きのあまり、自分の声じゃないような変な声を出せば、妊婦は更に満足そうな顔をする。すると、また変な声が我知らず喉から飛び出る。

さすがに異常を感じたのだろう。友彦が何事かと玄関に顔を出した途端、修羅場が始まった。

妊婦は友彦に結婚を迫り、友彦はもう君との関係は終わっていると突っぱねた。互いの意見も気持ちも無視した会話は平行線を辿《たど》り、見苦しい限りだった。

唯一の救いは、人の目を気にした友彦がさりげなく玄関の内側に妊婦を引き入れ扉を閉めたことだけ。

押されるように少し離れた廊下側に移動し傍観していた琴子は、二人の会話から妊婦が友彦とどうしても結婚をしたいがために計画的に妊娠をしたことを知った。

そして、法的に堕胎できなくなるまで友彦に妊娠の事実を伏せていたことも。

正直、これが対岸の火事なら、妊婦をある意味すごいと褒めることができたかもしれない。しかしこれは、他人事ではない。

「——わかった。なら、子供だけなら認知してやってもいい」

女性のヒステリックが死ぬほど嫌いな友彦は、一刻も早くこの場を収めようと、とうとうそんなことを言い出した。

その瞬間、琴子はキレた。人生でこれほどまでにブチギレたのは初めてだ。

——何を馬鹿なことを言っているの！　あの子が修学旅行から戻って、この事実を耳にしたら、どれだけショックを受けるかわからないの⁉

そう思って、もしかしたらそう叫んでいたかもしれないけれど、気付いたら琴子は玄関の扉を開けて二人を外に追い出していた。

翌日、友彦は荷物を取りに一度だけマンションに戻って来た。

それ以来、音沙汰はなかった。離婚届すら送られて来ず、相手の子供を認知したという報告も耳にしていない。

琴子とて自《みずか》ら知りたいとは思わなかったし、調停をしてまで離婚をしようと急ぐ気持ちにもなれなかった。

「――それで、今度はちゃんと父親をやれているの？　あなた」

意地悪く微笑んで友彦に問い掛ければ、苦々しい溜息が返って来る。

「あの女性と入籍したいなら、いつでも言って」

「アイツとは、そうなるつもりはない」

「あっそ」

至極どうでもいい返事をして、琴子は時計を見る。

「わざわざお見舞いに来てくれたところ悪いけれど、花束は気持ちだけ受け取っておくからいらないわ。それと、そろそろ帰ってもらえるかしら？　あの子がもうすぐ来るの」

「あの子って……まさか由依のことか？」

「そうよ、入院してから毎日来てくれるのよ」

嫌味のつもりで言ったわけじゃないのに、友彦はひどく傷付いた顔をした。次いで、苛立ちを露《あらわ》にする。

彼の思わぬ態度に戸惑ったが、瞬《まばた》きを二つする間に琴子は気付いた。

——この人、私に嫉妬してるんだ。

おそらく、どれほど蔑《ないがし》ろにしても子供はずっと親を好きでいてくれると信じているのだろう。その独善的な考え方に呆れてものが言えない。

でも、それが親子というものなのかもしれないと、琴子は頭の隅で思う。

琴子は誰かの子供だ。だから子の気持ちはわかる。しかし産みの苦しみを知ることができない琴子は、血を分けた我が子を思う気持ちは一生わからないだろう。

それでも、わからないなりに進んでいきたい道をもう見つけてしまっている。

由依が本音をぶつけてくれて、とても嬉しかったから。それが不満であっても、心を覗《のぞ》かせてくれたことに、心が震えたから。

ボールペンが変わっていると訴えてくれた時、泣かせてしまった申し訳なさより、気付いてくれたことに喜びを覚えてしまった。

「私ね、これからもあの子と一緒に暮らすから」

「……そうか」

「あなたはこれからもずっと、何もしなくていいわ。進学費用も生活費も私が全部出す。マンションも売るならお好きに。ま、もともとあなた名義のものだから私がどうこう言う筋合いはないけどね」

「あそこは由依の家だ。売る気はない」

「そう。好きにすれば？」

そっけなく答えて、もう一度わざとらしく時計を見る。

言外に早く帰れと訴えれば、やっと友彦は立ち上がり病室の扉へと向かう。しかし廊下に出る直前、琴子に振り返ってこう言った。

「俺は君と離婚はしない。……少なくとも、由依が成人するまでは」

まるでお気に入りのおもちゃを取られたような顔をする友彦に、琴子は冷めた目で「そう」とだけ言った。

その後、音もなく扉が閉まり、部屋に静寂が戻った。


回想を終えた琴子は、顔を両手で覆って息を吐いた。

「……きっと本当のことを知ったら、あの子は私のことを嫌いになっちゃうよね」

口に出した途端、琴子は罪悪感を覚えて顔を歪ませる。

人と人との距離を縮めるためには時間は必要だけれど、距離を置かれる時は一瞬だ。

そして一度壊れた関係を戻すのは容易ではない。

これまで琴子は、由依に対して誠実な態度を心掛けてきた。それを負担に思ったことはないし、苦痛だと感じたこともない。

けれど、いつも罪悪感を持っている。たった一つだけ吐いてしまった嘘のせいで。

無論、悪意からではない。それにその嘘を、ずっと隠し続けることはできないのもわかっている。いつか話さなければならないことだって。

それでも打ち明けるためには、かなりの勇気が必要だ。どんな結末でも受け入れる覚悟も同様に。

「まずは土下座してから話し始めるしかない……か」

せめて最後まで聞いてほしいなと、図々しいお願いを心の中でしたその時、遠慮がちなノックの音が部屋に響いた。慌てて指輪を化粧箱に戻し、引き出しに押し込むと、わざとらしくないように「どーぞー」と明るい声を出す。

「あの……琴子さん、準備はどうですか？　和樹さんが下に着いたって連絡あったんですけど……」

他人行儀な言葉遣いの中に親しみを感じられる由依の口調に、琴子は満面の笑みを浮かべる。

「ん、終わり……かな？　ま、忘れ物あっても何とかなるか。あははっ」

最後は豪快に笑い飛ばしたら、由依は困り顔になったものの、少し間を置いてぷっと噴き出した。

「そうですね。あ、でもお薬だけは忘れないでくださいね」

「大丈夫。それは一番最初に入れたから」

即答した琴子に、由依は「それだけ忘れなければ問題ないですね」と生真面目な顔で言う。

「……あの……琴子さん？」

てっきりこれで出発かと思いきや、なぜか琴子は玄関に向かうことはせずモジモジしている。

「あのね、由依ちゃん」

「は、はい」

「温泉ってさ、山の中でさ、結構寒いんだよね。真冬に逆戻りかって思うくらい寒いんだよね」

「……そうなんですか」

パチパチと瞬《まばた》きを繰り返す由依は、だからどうした？　と言いたげだ。そんな由依の視線を避けるように、琴子は旅行鞄の上に置いてあったストールを持ち上げる。

「だから、ね。これ、よかったら使って。ちょっと色はババ臭いかもしれないけど、新品だから！」

グイッと押し付けられるように渡されたストールを胸に抱えた由依は、はにかんだ笑みを浮かべた。

「これ……私の好きな色です」

この言葉を、由依が本心で言ったことぐらいはわかる。それが嬉しくて、琴子は旅行鞄を掴《つか》むと廊下に出る。

「私も、この色好きなんだ。じゃ、行こっか」

「はい」

弾んだ声で返事をした由依と一緒に玄関でブーツを履いて、外に出る。並んで歩く足音は、病《や》み上がりとは思えないほど軽快なものだった。

＊

榎本家でお世話になっている間、琴子の両親も和樹もいい意味で由依をお客様扱いしなかった。

平気で喧嘩《けんか》をして、勝手に仲直りをする。人の目なんか気にせず不満を言って、それと同じくらい感謝の言葉も口に出す。

同じことを繰り返すだけの毎日のはずなのに、何故かにぎやかで慌ただしい。それでいて穏やかで、温かい。

他人の生活を覗《のぞ》き見するなんて行儀のいいことではないけれど、その新鮮さにいつも目を奪われていた。

そうして、わかったことが一つある。

波風の立たない単調な日々が正解ではないことを。時には喧嘩《けんか》をすることだって、不満を持つことだって間違いではないのだ。

大事なのは、互いを尊重し、思いやり、重ねていく日々をいかに大切にしていくか。その気持ちを持ち続け繰り返す日々こそが、きっと正解なのだろう。そしてそれを人は平凡な生活と呼ぶのだろう。

——なら私と琴子さんは、もうとっくにそうなってたんだ。

不満をぶちまけて、喧嘩《けんか》もして、ごめんねと言い合える自分たちは、非凡ではなく極めて平凡な日常を過ごすことができていたのだ。

「あーいい湯だなぁ。由依ちゃん、温泉っていいでしょ？　ね！」

カッポーンと桶の音がしそうなほど古風な露天風呂に、琴子の弾んだ声がこだまする。

ここは近場の温泉宿。自宅療養中の琴子が「どうしても湯治《とうじ》に行きたい！」と強くリクエストした場所である。

「はい。気持ちいいです。でも、ここの効能ってリウマチと腰痛ってありますけど」

「あははっ。いいのいいの！　リラックスして美味《おい》しい物を食べれれば、オッケーオッケー」

「そんなものですか？」

「そんなもんよー」

ケラケラと笑う琴子の声はちょっと大きいけれど、幸いここは穴場の温泉らしく貸し切り状態。うるさいと顔を顰《しか》めるご婦人たちは皆無だ。

「それにしても、まさかこんなに早く温泉旅行ができるなんて思ってもみなかった。入院してみるもんだね」

「もう、琴子さんったら！　滅多なことを言わないでください。……本当にあの時は心臓が止まるかと思ったんですよ」

「あははっ」

笑って誤魔化す琴子は本当に楽しそうで、水を差す真似はしたくない。でも由依は、確認したいことがどうしても一つある。

「あの、お父さん……お見舞いに来たんですか？　退院する前日に……」

意を決して尋ねた途端、琴子は目を丸くした。

「え……ええっ、えー？　なんでわかったの⁉」

「香水……お父さんが使ってるやつだったから」

「そっか。やっぱわかるんだ」

「はい。私、あの匂い大っ嫌いなんで」

あの香りを思い出して由依がつい顔を顰《しか》めると、琴子は豪快に噴き出した。

そんな琴子に、由依は質問を重ねる。

「お父さん、失踪したって言ってましたけど、今何をしてるのか、琴子さんは知ってるんですか？」

問うてみたけれど、大体は想像できる。だから、琴子が言いたくないならすぐに話題を変えようと由依は思った。けれど、それは杞憂《きゆう》に終わった。

「籍を入れないまま、他の女の人のところでお父さんをやってるよ……多分」

「やっぱり、そっか。籍を入れてないのは意外だったけど」

「ん？　由依ちゃん、まさか……相手の人のこと」

「あ、いえ。どうせ父のことだからそんな理由なんだろうなって思ってました。で、見事に当たっただけです」

「そっか。名推理だよ、由依ちゃん」

「どうも……です。あの……琴子さん、ついでに聞きにくいこと聞いちゃってもいいですか？」

「いいよー」

軽い返事に戸惑いつつ、由依は「そんな父親のことどうして好きになったんですか？」と勇気を出して聞いてみた。返ってきた理由は意外なものだった。

「私ね、実は子供が産めないんだ」

唐突に言われたそれは、とても衝撃的なものだった。目を見開く由依に、琴子は遠くを見つめながら語り出す。

子供が産めないことを知ったのは、高校生の時。そのことを受け入れたくなくて、相当荒れた時期があったこと。それでも家族に支えられて、資格を取って仕事にやりがいを覚えるようになったこと。

得意先に由依の父親がいて、顔見知りの状態が数年続いたこと。距離が縮まったのは、得意先で子供が産めないというセクハラ発言を受けた時。さらりと由依の父親がかばってくれたそうだ。

それが縁で、恋愛感情はないまま二人は飲み友達になり、酔った勢いで琴子が自分の身体のことを愚痴ったら「じゃあ、俺の娘の親になるか？」と由依の父親に聞かれ、即座に頷いてしまったこと。

とはいえ、それはお酒の席での話。だから琴子はカフェでの顔合わせが終わったあと、再婚の申し出を断るつもりだった。

でも、焼肉を食べたら気が変わった。琴子は由依と一緒に生活することを選んだのだ。

そして最後に琴子は、由依の父親は出て行ったわけじゃなく、由依の修学旅行中にちょっとした修羅場があり、自分が追い出した——ということも白状した。

「ごめんね、由依ちゃん。お父さんを追い出しちゃって。でもね、会いたいならいつでも会ってね。ってか、私がいいとか悪いとかいう権利はないよね」

「あ、いいです。私、会う気はないです」

「え！　いいの⁉」

「はい。別に会いたくないです。あと……」

「あと？」

不安そうにこちらを見る琴子に、わざと由依はにやりと笑ってみせる。

「琴子さん、やりますね」

想像すらしてなかったのだろう。琴子はゆっくりと瞬《まばた》きをしたあと、温泉に顔を沈めた。

「あの……琴子さん？　……っ⁉」

ブクブクと浮く泡に不穏な何かを感じて強めに声を掛ければ、ザバッと豪快な音がして飛沫《しぶき》が飛んできた。琴子が勢いよく顔を上げたのだ。

「そんなふうに言ってくれるなんて思わなかったぁ」

子供みたいにくしゃりと顔を歪ませる琴子に、それはこっちの台詞《せりふ》だと由依は言いたい。

「私だって、そう思ってますよ！　……っていうか、どうしてですか？　どうして焼肉食べただけで、一緒に住んでくれる気になったんですか⁉」

琴子は己《おのれ》の半生を、とてもわかりやすく語ってくれたけれど、由依はやっぱり納得ができない。

カフェで会った時も、焼肉を食べていた時も、由依はいい娘とは思えない態度しか取っていなかった。そんな状態で一緒に生活したいなんて、どうして思えるのか。

そんな気持ちを由依が素直に語れば、琴子は困り顔になった。

「うーん。私も今でも不思議なんだ。でもね、焼肉食べ終わって……由依ちゃんさぁ、私に一番最初にガムを渡してくれたでしょ？　ムッとしてるくせに〝他の味がいいならもらってきます〟なんて言ってくれちゃって。その時さぁ、この子と一緒に過ごしたいなって漠然と思ったの」

「そうなんですか」

「うん。そうなんだ」

由依は、わかったようでわからない。

でもカフェで琴子が父親より自分を優先してくれた時、由依も「この人ならいいかも」と思った。

きっと琴子が持った感情は、それに近いものだったのだろう。

――まぁ、いっか。

きっかけは何であれ、今、こうして琴子と一緒にいられることが由依は嬉しい。

あの時の琴子が、最初から自分と会うためにカフェにいてくれたことも嬉しい。父親と結婚したのは、妻になりたかったのではなく母親になりたかったという事実が、この先もずっと由依を支えてくれるだろう。

そんな結論に至れば、父親についての詮索はもう必要ない。その代わり、何だか語りモードに入ってしまった由依は莉愛と仁美の一件を報告する。

父親のことを語る時とは別人のように琴子は真剣に耳を傾けてくれ、全てを語り終えたあと、まずこう言ってくれた。

「そっか。由依ちゃん、とんだ災難だったね。お疲れさま。……ごめんね、私、ぜんぜん力になれなくて」

言い得て妙な表現に声を上げて笑いたいのに、琴子はものすごく落ち込んでいる。しゅんとした肩が痛々しくて、どうにか元気を出してほしい。せっかく湯治《とうじ》に来ているのに、これでは意味がないじゃないか。

そんなふうにオロオロしてしまう由依に、琴子は肩を落としたまま真剣な口調で言葉を続ける。

「あのね由依ちゃん、友情って無理して繋《つな》ぐものじゃないよ。だからその子たちとの縁が切れたなら、それは仕方がない。気に病《や》まないで。由依ちゃんは、何も悪くないんだから。ただ、自分から無理やり嫌いになって切ろうとしないで」

なんとなくはわかるが十分には理解できない深い言葉に、由依はひとまず頷く。それから、わからないなりにちゃんと考えて口を開く。

「三年生になったらクラスが変わるんです。だからしばらく様子を見ることにします」

「うん、それがいい。由依ちゃんはちゃんと友達を作れる子だから、新しいクラスになったら、また新しい出会いがあるよ」

「はい。そうなるように頑張ります」

力強く頷けば「真面目かっ」と、琴子は芸人顔負けの素早さでツッコミを入れ、そろそろ出ようと提案する。

長湯に慣れていない由依は即座に同意したかったけれど、ちょっとだけためらってしまう。

実はこの温泉旅行の前に、センセーショナルな出来事があった。信じられないことに、真から告白されたのだ。

自宅マンションに戻ってすぐ、電話で約束した通り真はキナコを連れて待ち合わせ場所に来てくれた。

まずコンビニであったかいコーヒーを買って、いつもの河川敷でこれまでの一連の出来事を語って、逃げていたことをちゃんと謝って。またキナコの散歩に行きたいとお願いしたら。

「いいけど、さ……次にキナと散歩に行く時は、俺、お前と彼氏彼女でいたい。駄目か？」

あの日はものすごく寒い日だった。なのに、マフラーを巻いていた由依の首はじわっと汗ばんだ。

もちろん由依が出した答えは――

「駄目じゃない」

震える声で伝えたら真まで顔が真っ赤になって、キナコは不思議そうに由依たちの間をグルグル回った。

……ということを、由依は今日、絶対に琴子に伝えようと決めていた。父親や莉愛たちのことなんて、真との一件を語る前座でしかない。でも、なかなか切り出せなかった。

「おーい、由依ちゃん。一緒にミックスジュース飲もうよー」

一足先に温泉から出た琴子は、不思議そうな顔をしながら手招きする。

不審がられてもアレなので、由依はひとまず温泉から出た。そして琴子と向き合うとグッとこぶしを握る。

「琴子さん、犬好きですか？」

「は？」

唐突な質問にポカンとする琴子に、由依は真との一件を早口で語った。

数分後、琴子は湯けむりが揺れるくらいの黄色い声を上げたあと、質問に答えてくれた。それは、さすがとしか言いようのない琴子らしい答えだった。

そんなこんなで――由依と琴子の極めて平凡な日常は、これからも続いていく。

◉定価：726円（10%税込）　◉イラスト:かない　ISBN:978-4-434-33086-5

会社員が行き交う街、品川。『株式会社フロムワンキャリア』の社員・三郷茉美は、営業部員として月末月初の慌ただしい日々を送っていた。入社三年目を迎え、今後のキャリアに向かって動き出す同期達を横目にルーティンをこなす毎日。将来に悩みつつも何もできないでいた彼女は、人事部に所属する先輩社員・藤堂厚に出会う。地味な容貌ではあるものの、ハッキリとした物言いと真っ直ぐな働き方の藤堂に惹かれた茉美。久々の恋に浮かれつつ、改めて頑張ろうと決意するが……ある日、突然の辞令で藤堂が所属する人事部労務課に異動することになり——？　部署が変われば働き方も変わる!?　新米人事部員のお仕事奮闘記!

◉定価：726円（10%税込み）　◉ISBN:978-4-434-33090-2
◉Illustration：Minoru

春の真ん中、泣いてる君と恋をした
In the middle of spring, I fell in love with you crying
佐々森りろ
もう一人で泣かなくていい。
両親の離婚で、昔暮らしていた場所に
引っ越してきた奏音。
新しい生活を始めた彼女が
出会ったのはかつての幼馴染たち。
けれど、幼馴染との関係性は昔とは少し変わってしまっていた。
どこか孤独を感じていた奏音の耳に
ふとピアノの音が飛び込んでくる。
誰も寄りつかず、鍵のかかっているはずの旧校舎の音楽室。
そこでピアノを弾いていたのは、隣の席になった芹生誠。
聞いていると泣きたくなるような
ピアノの音に奏音は次第に惹かれていくが——
春の真ん中、泣いてる君と恋をした
佐々森りろ
もう一人で泣かなくていい。
心がじんわり温かくなる、孤独な二人の再生ストーリー
アルファポリス第6回ライト文芸大賞 青春賞受賞
アルファポリス文庫

この作品に対する皆様のご意見・ご感想をお待ちしております。
おハガキ・お手紙は以下の宛先にお送りください。

【宛先】
〒 150-6019 東京都渋谷区恵比寿 4-20-3 恵比寿ｶﾞｰﾃﾞﾝﾌﾟﾚｲｽﾀﾜｰ 19F
（株）アルファポリス　書籍感想係

メールフォームでのご意見・ご感想は右のＱＲコードから、
あるいは以下のワードで検索をかけてください。

アルファポリス　書籍の感想　検索

ご感想はこちらから

アルファポリス文庫

私《わたし》と継母《ままはは》の極《きわ》めて平凡《へいぼん》な日常《にちじょう》

当麻月菜（とうま るな）

2024年 4月 25日初版発行

編集－羽藤 瞳・大木 瞳
編集長－倉持真理
発行者－梶本雄介
発行所－株式会社アルファポリス
〒150-6019 東京都渋谷区恵比寿4-20-3恵比寿ｶﾞｰﾃﾞﾝﾌﾟﾚｲｽﾀﾜｰ19F
TEL 03-6277-1601（営業） 03-6277-1602（編集）
URL https://www.alphapolis.co.jp/
発売元－株式会社星雲社（共同出版社・流通責任出版社）
〒112-0005 東京都文京区水道1-3-30
TEL 03-3868-3275
装丁イラスト－細居美恵子
装丁デザイン－西村弘美
印刷－中央精版印刷株式会社

価格はカバーに表示されてあります。
落丁乱丁の場合はアルファポリスまでご連絡ください。
送料は小社負担でお取り替えします。

ISBN978-4-434-33746-8 C0193